Pedro Calderón de la Barca

El galán fantasma

Barcelona **2024**
Linkgua-ediciones.com

Créditos

Título original: El galán fantasma.

© 2024, Red ediciones S.L.

e-mail: info@linkgua.com

Diseño de cubierta: Michel Mallard.

ISBN tapa dura: 978-84-1126-243-9.
ISBN rústica: 978-84-9816-412-1.
ISBN ebook: 978-84-9897-229-0.

Sumario

Brevísima presentación

La vida

Pedro Calderón de la Barca (Madrid, 1600-Madrid, 1681). España.

Su padre era noble y escribano en el consejo de hacienda del rey. Se educó en el colegio imperial de los jesuitas y más tarde entró en las universidades de Alcalá y Salamanca, aunque no se sabe si llegó a graduarse.

Tuvo una juventud turbulenta. Incluso se le acusa de la muerte de algunos de sus enemigos. En 1621 se negó a ser sacerdote, y poco después, en 1623, empezó a escribir y estrenar obras de teatro. Escribió más de ciento veinte, otra docena larga en colaboración y alrededor de setenta autos sacramentales. Sus primeros estrenos fueron en corrales.

Lope de Vega elogió sus obras, pero en 1629 dejaron de ser amigos tras un extraño incidente: un hermano de Calderón fue agredido y, éste al perseguir al atacante, entró en un convento donde vivía como monja la hija de Lope. Nadie sabe qué pasó.

Entre 1635 y 1637, Calderón de la Barca fue nombrado caballero de la Orden de Santiago. Por entonces publicó veinticuatro comedias en dos volúmenes y *La vida es sueño* (1636), su obra más célebre. En la década siguiente vivió en Cataluña y, entre 1640 y 1642, combatió con las tropas castellanas. Sin embargo, su salud se quebrantó y abandonó la vida militar. Entre 1647 y 1649 la muerte de la reina y después la del príncipe heredero provocaron el cierre de los teatros, por lo que Calderón tuvo que limitarse a escribir autos sacramentales.

Calderón murió mientras trabajaba en una comedia dedicada a la reina María Luisa, mujer de Carlos II el Hechizado. Su hermanó José, hombre pendenciero, fue uno de sus editores más fieles.

Capa y espada

El galán fantasma es un comedia de enredos que narra con humor una historia de capa y espada llena de persecuciones y amores.

Personajes

Astolfo, primer galán
Candil, gracioso
Carlos
El Duque
Enrique, barba
Julia, primera dama
Laura, dama
Leonelo
Lucrecia, criada
Otavio
Porcia, criada

Jornada primera

(Salen Julia, dama, Porcia, criada, con mantos, y detrás Astolfo.)

Astolfo   De vuestras señas llamado,
de vuestra voz advertido,
hasta el campo os he seguido
ciego, confuso y turbado.
Sacad, pues, deste cuidado,   5
señora, el discurso mío:
si es por dicha desafío,
ya estamos en buen lugar;
bien podéis desenvainar
el garbo, el donaire, el brío,   10
que son las armas que vós
habéis contra mi desvelo
de esgrimir en este duelo.
Solos estamos los dos.
¡Descubríos ya, por Dios!   15
Sepa quién sois, que no es bien
matar con ventaja a quien
de vós se ha fiado hoy.

Julia   Pues no dudéis más, yo soy.

Astolfo   Julia, señora, mi bien,   20
¿tú en este traje?, ¿tú aquí?
¿Qué dicha o desdicha es mía?
Que si una duda tenía
sin verte, cuando te vi
son infinitas. ¿Tú así   25
has salido de tu casa?
El corazón se me abrasa.
¡Dime, por Dios, lo que ha sido!

¿Qué es esto? ¿Qué ha sucedido?

Julia   Oye y sabrás lo que pasa.   30
Astolfo, en quien la fortuna
y el amor vieron iguales,
por descubrirse uno a otro
los gustos y los pesares,
no la novedad te admire,   35
no la extrañeza te espante
de verme, siendo quien soy,
venir en aqueste traje;
porque importando a tu vida
el verte, iay de mí!, el hablarte,   40
no hay respeto que no venza,
no hay decoro que no allane.
Tu vida importa, tu vida,
que hoy te vea y hoy te hable;
y así pasando al oído   45
la admiración del semblante,
oye el peligro en que vives,
aunque mezcle en un instante
las desventuras que miras,
con las venturas que sabes.   50
Dos años ha, Astolfo mío,
que firme y rendido amante
de mi hermosura que quiero
confesarla en esta parte,
fuiste de día y de noche   55
la estatua de mis umbrales,
el girasol de mis rayos
y la sombra de mi imagen,
tantos ha que agradecida
y que obligada a las partes   60
de lo sutil de tu ingenio,

de lo galán de tu talle,
de lo airoso de tu brío,
de lo ilustre de tu sangre,
respondí menos ingrata   65
que debiera aconsejarme
del decoro de mi amor,
el respeto de mi padre;
si bien decoro y respeto
no pudieron agraviarse   70
de que torpes sacrificios
sus sagradas aras manchen,
siendo yo tu esposa, pues
la causa de dilatarse
nuestra boda fue el rigor   75
de aquellas enemistades
que a mi padre le costaron
tanto, que largas edades
enterrado antes que muerto,
tuvo su casa por cárcel,   80
adonde preso murió.
Pero esto en silencio pase,
y volvamos a enlazar
discursos de amor; no hallen
digresiones mis desdichas   85
que su remedio embaracen.
Agradecida, en efeto,
de tus finezas constantes,
cómplice a la noche hice
de hurtos de amor agradables,   90
y cómplice hice un jardín,
que a los dos quise fiarme;
porque al jardín y a la noche,
que son el vistoso alarde,
ya de estrellas, ya de flores   95

hiciera mal en negarles
a las unas lo que influyen
y a las otras lo que saben.
Viento en popa nuestro amor
navegaba hermosos mares   100
de rayos y de matices,
quieto el golfo y manso el aire.
¿Quién duda, quién, que han de ser
los celos los huracanes
que la tormenta despierten,   105
que la mareta levanten?
El gran duque Federico
de Sajonia, que Dios guarde,
o que no le guarde Dios,
si ha de ser para quitarme   110
mi media vida en la tuya,
acaso me vio una tarde,
que al mar a verte salí:
barbarismo de amor grande,
salir a ver y ser vista,   115
pues mal gramático sabe
persona hacer que padece
de la persona que hace.
Viome, en fin, y desde entonces
firme, rendido y constante,   120
si de día me visita,
de noche ronda mi calle.
Hartos enojos te cuesta
su cuidado vigilante;
mas como querido, en fe   125
de mis disculpas, trocaste
tus celos a mis favores,
no es mucho, si otros galanes,
por llegar al desenojo,

pasaran por el desaire.   130
Viendo el Duque que mi pecho
a los continuos embates
de lágrimas y suspiros
era roca de diamante,
pasando de enamorados   135
a celosos sus pesares,
averiguó que te quiero.
No sé a quién la culpa darle:
a sus celos o a mi amor,
pues ellos dos fueron parte   140
a decirlo, que no hay
amor ni celos que hallen.
En fin, sabiendo, ¡ay de mí!,
que eres tú, ¡desdicha grande!,
la ocasión de sus desprecios,   145
la causa de mis desaires,
para vengarse de mí
en ti pretende vengarse,
matándome a mí en tu pecho.
¡Oh duelo de amor cobarde,   150
disponer que un hombre muera
porque una mujer agravie!
Poderoso y ofendido,
¿quién ignora, quién no sabe
que es rayo oprimido, que es   155
pólvora encerrada que hace
en la mayor resistencia
la batería más grande?
Los avisos destos días,
que tan confuso te traen,   160
diciéndote que te ausentes,
diciéndote que te guardes,
suyos son; pero sabiendo

que dellos desprecios haces,
esta misma noche, esta   165
te esperan para matarte.
Y así te ruego que no
vayas a verme, ni pases
cubierto ni descubierto
la esfera de mis umbrales.   170
Deja que por unos días,
sin que allí puedan toparte,
se desmienta en la sospecha,
salga su recelo en balde.
Y, pues, que yo vengo así   175
a persuadirte, a rogarte
Astolfo, que no me veas,
esposo, que no me hables,
menos harás tú en hacerlo;
y pues en extremos tales   180
yo ruego lo más difícil,
concede tú lo más fácil.

Astolfo   No sé cómo responder,
que no sé en acciones tales
si tengo que agradecerte,   185
o tengo de qué quejarme.
De una venenosa yerba
escriben los naturales
que donde hay llaga, la cura,
y donde no la hay, la hace.   190
Este mismo efecto, este
quieres que en mi pecho cause
tu voz; pues si cuando estoy
herido de tantos males
suele curarme el dolor   195
solamente el escucharte;

hoy que tuve sano el pecho,
le hieres, para que labre
tu voz ahora la herida
que hubieras curado antes.　　　　　　　200
Adonde hay celos, las curan,
donde no las hay, las hacen;
y si quieres darme vida,
no de darme celos trates;
pues son piadosos rigores,　　　　　　　205
o rigurosas piedades,
darme tú misma la muerte
porque otro no me mate.
Dejarasme morir, Julia,
a su acero penetrante,　　　　　　　　　210
no a tu penetrante voz,
viviera más el instante
que hay de tu voz a su acero,
que no es, no, piedad afable,
porque su espada no llegue　　　　　　215
que la tuya se adelante.
Fuera de que no remedias
nada tú en aconsejarme
que no te vea, supuesto
que el decirme que no pase　　　　　　220
de noche por tus jardines,
ni de día por tu calle,
es decirme que no salga
dellas un punto, un instante.
¡Vive Dios que he de saber　　　　　　225
si el cuidado que te trae
a que tu casa no vea,
y a que tu jardín no ande,
es porque de tu jardín
y de tu casa las llaves　　　　　　　　230

rendiste a mayor poder,
y a mayor fuerza entregaste!
Perdona desconfianza,
Julia mía, tan cobarde,
siendo quien eres, y siendo   235
yo quien soy; y no te espante
que esto de andar desvalido
lo augusto, Julia, lo grande,
es bueno para las farsas
españolas, donde nadie   240
vio querido al poderoso.
Nada llega a aventurarse
en esto, pues o es mentira
o es verdad dolor tan grave.
Si es mentira, ¿qué aventuras   245
tú en que yo me desengañe?
Y si es verdad, ¿qué aventuro
yo en que allí el Duque me halle?
Pues el que me diere celos
no importará que me mate.   250

Julia   Astolfo, señor, bien mío,
¿que de esa manera agravies
las finezas de mi amor?

Astolfo   Quererte no es agraviarte.

Julia   ¿Quién te ha dicho que es quererme   255
el querer aventurarte?

Astolfo   ¿Quién dice que no hay peligro
que a los celos acobarden?

Julia   Pues ¿qué viene esta fineza

a deberte?

Astolfo	No olvidarte.	260

Julia   Cuanto más me obligas, más
me obligas a que te guarde,
y aquesto has de hacer por mí.

Astolfo   Detente, Julia, y no en balde
tantas perlas desperdicies   265
y tanto aljófar derrames,
que yo quiero obedecerte.
Digo que saldré esta tarde
de Sajonia, antes que el Sol,
que ya entre pardos celajes   270
se desvanece, en las ondas
su dorado coche bañe.
Será la mayor fineza
volver la espalda, pues nadie
es más valiente que aquel   275
que con celos es cobarde.
¿Quieres más, Julia?

Julia   Ni tanto,
que no quiero yo que pase
de extremo a extremo tu amor.

(Dentro Carlos.)

Carlos	Echa por aquesta parte.	280

Julia   ¡Ay de mí, que viene gente,
y no es bien que aquí me hallen!

Astolfo	Pues vete, que yo me quedo a que no te siga nadie; pero dime, ¿en qué quedamos?

285

Julia	En quererte mis pesares retirado, mas no ausente.

(Vase Julia.)

Astolfo	¿Habrá quien nivele y tase las acciones de un celoso, los discursos de un amante?

290

(Salen Carlos y Candil.)

Candil	Aquí está mi señor.

Carlos	Dadme los brazos, que de eterna amistad han de ser lazos que ciñan nuestros cuellos.

Astolfo	Y el alma y vida en ellos.

Carlos	Díjome ese criado, preguntando por vós, cómo llamado de una tapada fuisteis, y que tras ella a este lugar salisteis; y como receloso estoy de vuestra vida y cuidadoso por las necias porfías de los muchos avisos destos días, loco buscándoos vengo.

295

300

Astolfo	Es nueva obligación, Carlos, que os tengo;

18

	mas aunque os trae tras mí vuestro cuidado	305
	con tanta priesa, tarde habéis llegado	
	a este verde desierto	
	a darme vida, porque ya estoy muerto.	

Candil   ¿Estás por dicha herido?

Astolfo   ¡Pluguiera a Dios!

Carlos   Pues ¿qué os ha sucedido?   310

Astolfo   Haber, Carlos, llegado
             a estar de mi temor desengañado,
             haber sabido mi infelice suerte
             quién es quien solicita, ¡ay Dios!, mi muerte.

Carlos   Más debiera, si llega a descubrirse,   315
             aqueso agradecerse que sentirse.

Astolfo   ¡Ay Carlos! No debiera
             si es tal el golpe que mi pecho espera,
             que sin defensa alguna
             se ha de dejar llevar de su fortuna.   320

Carlos   Ahora estoy más dudoso.
             ¿Quién es el enemigo?

Astolfo   Un poderoso.

Carlos   Y el rigor que procura,
             ¿quién le ha dado ocasión?

Astolfo   Una hermosura.

Carlos	O mienten mis recelos,	325
	o esto es de Julia amor, del Duque celos.	

Astolfo
Fácil era el sentido
de mi confusa enigma: el Duque ha sido
quien de Julia celoso,
y quien de mí envidioso,   330
de suerte ausentarme ha procurado,
y Julia temerosa me ha mandado
que los avisos de mi muerte crea,
que ni la hable ni vea
porque ya es imposible   335
que entre en su casa yo, ¡pena terrible!,
sin que entre, ¡trance fuerte!,
tropezando en las sombras de mi muerte.

Carlos
Pues, ¿quién le ha descubierto
amor tan recatado y encubierto,   340
que solo ese criado
y yo le hemos sabido?

Astolfo
                  A un desdichado,
¡ay Carlos!, ¿quién averiguarle puede
por dónde la desdicha le sucede?

Carlos
Una pregunta quiero   345
haceros.

Astolfo
          Yo satisfacerla espero.

Carlos
Julia, ¿qué os ha mandado?

Astolfo
Que no la vaya a ver, por el cuidado
que ya a sus puertas Federico tiene.

Carlos	Quedar solos los dos aquí conviene,	350
	porque quiero fiaros un secreto	
	que me habéis de guardar.	

Astolfo	Yo lo prometo.	
	Candil, vuélvete a casa,	
	y en ella esperarás.	

Candil (Aparte.)	¿Qué es lo que pasa?	
	¿De mí se han recatado	355
	el día que está el Duque declarado?	
	Sin duda que han sabido	
	que yo quien le contó su amor ha sido;	
	mas no, que no estuvieran	
	tan apacibles hoy, si lo supieran.	360

(Vase Candil.)

Astolfo	En fin, todas mis penas y recelos	
	es que el paso han tomado ya los celos	
	del Duque.	

Carlos	De manera	
	que si de ver a Julia modo hubiera,	
	y pudierais entrar a hablalla y vella,	365
	y de día y de noche estar con ella,	
	sin que el Duque celoso,	
	aunque siempre ofendido y cuidadoso	
	a la puerta estuviera,	
	ni os viera ni os sintiera,	370
	aquí vuestro cuidado	
	tuviera fin.	

Astolfo	Confuso y admirado,
	esa proposición, Carlos, me tiene,
	y divertir a un triste no conviene
	ansí con lo imposible, 375
	pues no es posible hacerme a mí invisible.
Carlos	Oidme, Astolfo, y veréis la amistad mía,
	cuánto de vós por daros vida fía.
	Ya sabéis los grandes bandos,
	Astolfo, que largo tiempo 380
	todo el orbe alborotaron
	con civiles guerras, siendo
	Güelfo y Gebelino, dos
	hermanos, cabezas dellos,
	por quien dividida Italia 385
	en domésticos encuentros,
	fueron todos los linajes
	ya gebelinos, ya güelfos.
	Ya sabéis cómo a Sajonia
	llegó este marcial incendio, 390
	inficionando las casas
	más nobles, a cuyo efeto
	la heredada enemistad
	aún hoy dura en nuestros pechos,
	por ruina de aquel estrago, 395
	por ceniza de aquel fuego.
	Crotaldo, padre de Julia,
	que es el divino sujeto
	que adoráis, en quien juraron,
	si de otros bandos me acuerdo, 400
	aun más imposibles paces
	la hermosura y el ingenio,
	tomó la voz de una parte,
	y de la otra parte Arnesto,

un deudo mío. No dudo   405
que sepáis a cuánto extremo
llegó este enojo en los dos;
mas aunque lo sepáis, quiero
referirlo, porque todo
importa para el suceso.   410
El día que a Federico,
generoso duque nuestro,
juró Sajonia por duque,
sobre el ocupar los puestos
de aquel acto, procurando   415
ser cada uno el primero.
En esa eminente plaza
se encontraron, cuyo extremo
llegó a ser público agravio
de uno de los dos, y puesto   420
que yo tiemblo de dezillo,
y aun de imaginallo tiemblo;
bien se deja ver que fue
el agraviado mi deudo.
¿Para qué lo disimulo,   425
si balbuciente el afecto,
lo que callare la voz
lo dirá con el silencio?
Diole un bofetón Crotaldo,
¡ay de mí!, al anciano Arnesto,   430
en cuya gran confusión,
en cuyo notable estruendo,
aunque cumplió por entonces
desesperado y resuelto,
no quedó, a su parecer,   435
para después satisfecho;
necedad que hizo el valor
mal entendido, pues vemos

que no hay agravio delante
del que es soberano dueño.   440
Y ya se sabe, que adonde
es tal el príncipe, no hay duelo
que la satisfación obligue;
mas vive el honor compuesto
de una codicia tan fácil,   445
que en su opinión, su concepto,
bastó haber imaginado
que fue agravio para serlo.
El Duque, que aún no tenía
bien fundado su derecho,   450
disimuló, porque ha sido
política de los reinos
entrar en ellos piadoso
para conservarse en ellos.
Y así, por quietar no más   455
las opiniones del pueblo,
envió a su casa a Crotaldo,
adonde le tuvo preso
con tantas guardas, que nadie
le vio más desde el suceso   460
deste día, o porque fue
la prisión con tanto aprieto,
o porque el temor le tuvo
tan guardado y tan secreto.
De cuantas desdichas, cuantas   465
miserias, cuantos tormentos
padece un hombre infeliz,
a ninguno, Astolfo, tengo
mayor lástima que a un noble
ofendido, en quien contemplo   470
amancillado el honor,
mal valido del esfuerzo.

Por Arnesto, en fin, lo digo,
pues imaginando Arnesto
varios modos de venganzas,   475
entró en mil trajes diversos
dentro de su misma casa,
pero nunca con efeto.
Y para que admiréis cuánto
dicta un agravio, dispuesto   480
se vio hacer paso a su honor,
o penetrando o rompiendo
las entrañas de la tierra
por conseguir su deseo,
a pesar de las murallas   485
que se le ponían enmedio.
Un ingeniero buscó,
que en minar la tierra diestro,
facilitase su agravio
lo imposible de su acero.   490
Y fiándose de mí,
por estar mi casa en puesto
más vecino a su esperanza,
más conveniente a su intento,
el hombre empezó desde ella   495
a designar los modelos
con que tocase una mina
a su mismo cuarto; que esto
era en él fácil, porque
era de nación flamenco,   500
escuela donde el valor
pelea con el ingenio.
Y nivelando de día
las líneas y los tanteos,
las cavábamos de noche   505
con recato y con secreto.

¿Quién creerá que trabajando
en el más oscuro centro,
se enterrase el ofendido
por ver a su ofensor muerto?   510
Llegó la mina a su fin,
pero no llegó a su efeto;
pues el día de la noche
que este horrible monstruo griego,
para abortarlos en rayos   515
preñado estaba de acero,
por las calles y las plazas
confusamente se oyeron,
todos hablando en Crotaldo,
nuevas de que se había muerto.   520
Quedaron con este caso
frustrados nuestros intentos,
malogradas nuestras sañas,
postrados nuestros deseos;
porque el ofendido, ya   525
sin ofensor, conociendo
que en una hija no era
la venganza de provecho,
murió de melancolía
dentro de muy poco tiempo: 530
de suerte que, sin que nadie
pueda llegar a saberlo,
desde mi casa a la casa
de Julia una mina tengo,
tan fácil hoy de romperse,   535
que como avisada dello
esté Julia y sus criadas,
y con recato y secreto
la boca della se oculte,
que podréis entrar es cierto   540

y salir desde mi casa
hasta su mismo aposento,
que es adonde va a tocar,
sin que el amor ni los celos
del Duque causen temor.   545
Pero ha de ser, advirtiendo,
que ha de ser esto con gusto
de Julia, porque no quiero
que se diga que en su honor
infamemente me vengo   550
dando paso a su deshonra.
Que como allanéis vós esto,
aquí está mi casa, aquí
mi vida, Astolfo, y mi pecho;
pues para todo es quien es   555
amigo tan verdadero.

Astolfo   Dadme mil veces los brazos,
                 y si mudo os agradezco
                 tanto bien, es porque el caso
                 mudo me tiene y suspenso.   560
                 Yo hablaré a Julia, y de Julia
                 traer licencia os ofrezco,
                 y pues ya la noche oscura
                 extiende su manto negro,
                 iré a avisarla.

Carlos   Mirad   565
                 lo que os aventuráis.

Astolfo   Luego
                 han de matarme esta noche,
                 siendo la última que espero
                 ponerme en esta ocasión.

Carlos	¿Cómo?

Astolfo   Como si yo llego   570
a pedir licencia a Julia
de abrir esa mina, es cierto
que ha de darla o no ha de darla:
si la da, ¿para qué efeto
he de volver a arriesgarme,   575
teniendo seguro el riesgo?
Si no la da, pensaré
que está su amor de concierto
con el Duque, pues me quita
esa ocasión, y iré huyendo   580
de mis celos, si es que hay donde
no sepan de mí mis celos.

Carlos   A todo he de acompañaros.
(Aparte.)   Y estas finezas y extremos
tome por su cuenta amor,   585
pues el que yo a Laura tengo,
hermana de Astolfo, es
el que ha franqueado en mi pecho
secreto que tantos días
tuvo el honor el silencio.   590

(Vanse los dos.)

(Salen Enrique viejo leyendo un papel, y Laura su hija.)

Enrique   ¿Quién te dio aqueste papel?

Laura   Una mujer me le dio,
tapada, que aquí llegó.

Enrique	¡Hay desdicha más cruel!
	¿No preguntaras quién era? 595
Laura	Ya, señor, lo pregunté,
	mas solo me dijo que
	en tu mano te le diera,
	que una limosna pedía
	y volvería al instante. 600
Enrique	¿Quién ha visto semejante
	confusión como la mía?
Laura	¿Parece que te ha traído
	el papel algún cuidado?
Enrique	Y tan grande, que ha causado 605
	mil penas a mi sentido,
	y habrá de morir en ellas.
Laura	¿No sabré yo la ocasión?
Enrique	Cosas de tu hermano son,
	¿para qué quieres sabellas? 610
Laura	Para sentillas fiel,
	ya que no puedo servir
	más, señor, que de sentir.
Enrique	Pues oye, Laura, el papel:
(Lee.)	Importa que esta noche con prudencia estorbéis a Astolfo que no salga de casa, porque le va no menos que la vida.

Laura	Justos fueron tus enojos,	615
	bien compuesto de cruel	
	rejalgar, es el papel	
	el veneno de los ojos.	

Enrique	Días ha que desvelado	
	la tristeza me ha traído	620
	de Astolfo, y sin duda ha sido	
	nacida deste cuidado.	
	Y no siento, no, ni es bien	
	su riesgo ni mi pesar,	
	sino que se ha de guardar	625
	sin que le digan de quién.	
	Que, ¡vive Dios!, si supiera	
	quien es, que se le sacara	
	yo al campo, y que cara a cara	
	el disgusto concluyera.	630
	Mas decirme que le guarde,	
	sin que de quién se me diga,	
	bien a presumir me obliga	
	que es su enemigo cobarde.	
	Y esto más mi pecho siente	635
	que lo que ha de suceder,	
	porque más se ha de temer	
	a un cobarde que a un valiente.	
	¡Oh, quién supiera, ay de mí,	
	de quién se debe guardar!	640

(Sale Candil.)

Candil (Aparte.)	Aquí me manda esperar	
	mi amo en tanto... Mas aquí	
	está el viejo, fruncir quiero	

	el semblante, dando indicio	
	de beato y de novicio.	645
Laura	Bien dese criado espero	
	que te informes, él quizá	
	advertirá tu dolor.	
Enrique	Dices bien, Candil.	
Candil	Señor.	
Enrique	¿Dónde vuestro amo está?	650
Candil	Hacia el parque le he dejado	
	con Carlos, su grande amigo.	
Enrique	Siempre el cielo me es testigo,	
	os tuve por leal criado.	
Candil	El fidus Acates fue	655
	puesto conmigo, un bellido.	
Enrique	Decidme, pues, ¿qué ha tenido	
	Astolfo que yo no sé,	
	qué humor inquieto y severo	
	andar tan triste le hace?	660
Candil	Yo lo diré, todo nace	
	de tener poco dinero.	
	Perdió ayer el que tenía,	
	que, a imitación de las gentes,	
	hay barajas maldicientes	665
	y dicen mal cada día.	
	Si bien ya cosas se ven,	

31

que esto no es lo principal,
pues a las que dicen mal
hay quien las haga hablar bien.   670
Yo me acuerdo cuando era
agravio el decirle a un hombre
fullero, porque era nombre
que escucharse no debiera
sin mentís; pero después   675
que a ser llegó habilidad,
agravio es con más verdad
decirle que no lo es.
Flores se descubren hartas,
sin ser mayo, cada día: 680
¿qué más que haber fullería
al juego de sacar cartas?

Enrique   Decidme, pues, ¿ha tenido
                 por el juego algún disgusto?

Candil   Sí, señor, muy grande y justo.   685

Enrique   Pues, ¿qué fue?

Candil   Haber perdido,
                 que otro no lo supe yo,
                 y si a él le sucediera,
                 es cierto que le supiera;
                 que de nadie, en fin, fió   690
                 con más razón que de mí
                 sus disgustos, por saber
                 cuánto le suelo valer
                 en ellos.

Enrique   ¿Cómo? Si oí

que alguna vez que riñó,   695
y que presente estuvistes,
vós las espaldas volvistes.

Candil   Por eso lo digo yo,
             pues corrió tras mí un tropel
             con que la vida le di,   700
             pues los que fueron tras mí
             no le tiraron a él.

Enrique   Decidme, ¡oh quieran los cielos
             que este desengaño vea!
             ¿sirve Astolfo, galantea   705
             a alguna dama, son celos
             los que triste le han tenido
             estos días?

Candil   ¡Qué sutil!
             Viendo que yo soy Candil,
             de mí alumbrarte has querido.   710
             Y así oye cuanto pasa,
             si a callarlo te reduces;
             porque quiero hacer dos luces
             a la calle y a la casa.
             Astolfo una dama ama,   715
             y tiene un competidor
             poderoso, y en rigor
             hoy la calle de la dama
             con uno y con otro amante
             ya moro, ya paladín,   720
             la esfera de su jardín
             hizo campo de Agramante.
             Traidor fuera, si callara,
             sabiendo el riesgo en que está

mi señor.

Enrique	Llévame allá,	725
	pues ya de luces avara	
	y triste la noche fría,	
	en eclipsado arrebol,	
	las exequias hace al Sol	
	alma y corazón de día.	730
	Tú, Laura, si aquí viniere	
	mientras yo le busco, di	
	que no se salga de aquí,	
	que mando yo que me espere.	

Enrique   Llévame allá,   725
pues ya de luces avara
y triste la noche fría,
en eclipsado arrebol,
las exequias hace al Sol
alma y corazón de día. 730
Tú, Laura, si aquí viniere
mientras yo le busco, di
que no se salga de aquí,
que mando yo que me espere.

Laura   Sí haré.
(Esto dice a Candil.) Si a Carlos halláis   735
con él, decid que me vea.

Enrique   ¡Ay hijos, quien os desea
no sabe lo que costáis!

(Vanse todos.)

(Sale el Duque, Leonelo, Otavio y criados.)

Duque   En esta noche fría,
émula hermosa de la luz del día, 740
de mi venganza espero
ver el fin, muera Astolfo, pues yo muero.

Leonelo   Mal hace vuestra Alteza
en dar tanto lugar a una tristeza.

Duque   ¿Es mejor que ofendido 745
yo de un vasallo, llore aborrecido?

Leonelo	Quien una hermosa dama
	sin estrella, señor, festeja y ama,
	no porfíe en querella,
	que no hay ventura donde falte estrella.

750

Duque	¡Qué error tan recibido
	de la opinión común, Leonelo, ha sido
	decir que las estrellas
	de amor terceras son, y que está en ellas,
	oh necio desvarío,
	la primera elección del albedrío!

755

Otavio	Pues, ¿quién puede negallo?

Duque	Yo, que razones y aun ejemplos hallo
	contra aquese conceto.

Leonelo	Di uno solo.

Duque	Despreciado de Dafnes hable Apolo,
	si estrella fuera amor, sin él viviera,
	¿cómo del Sol aborrecido fuera
	de las estrellas soberano dueño?
	Luego bien claro enseño
	que amor no vive en ellas,
	pues el Sol se quejó de las estrellas.

760

765

Leonelo	Y, en fin, di: ¿qué has pensado?

Duque	No fiar de mi estrella mi cuidado,
	sino de mi poder y el valor mío,
	que ellos los polos son de mi albedrío.
	Y así tengo ganada,

770

como el criado de Astolfo, una criada
de Julia, que ha de abrir aquesta puerta,
que para Astolfo suele estar abierta.
Y ya que es hora creo   775
de que la seña hurtada a mi deseo
haga seguro el paso
a este ardor, a este fuego en que me abraso.

(Da en la reja.)

Leonelo   La puerta abren, señor.

(Sale Porcia.)

Porcia   Y vuestra Alteza sea bien venido,   780
                 que Julia, conociendo
                 la seña de su amante, presumiendo
                 que él fuese, me ha mandado
                 abrir la puerta, con que se ha cerrado
                 el temor de tu intento y de mi culpa,   785
                 pues su mismo precepto me disculpa.

Duque   Los dos os retirad, y con cuidado
                 esa calle guardad.

(Éntranse el Duque y Porcia.)

Leonelo   Bien has fiado
                 de los dos tu deseo.

(Salen Astolfo y Carlos.)

Astolfo   ¡Ay Carlos!, ¿si es verdad esto que veo,   790
                 por la puerta no ha entrado

un hombre, y otros dos se han retirado?

Carlos   No sé si engaño ha sido,
pero a mí que es verdad me ha parecido.

Astolfo   ¿Para esto, ingrata fiera,   795
fue decirme que a verte no viniera?
¡Vive Dios que he de entrar, y...!

Carlos   Deteneos,
que eso es embarazar vuestros deseos,
pues siéndolo estorbar vuestros agravios,
no lo han de hacer las manos ni los labios   800
desde aquí; pues no es medio ni es venganza,
si otro el favor en el jardín alcanza,
reñir los dos con estos dos afuera.

Astolfo   Pues, ¿qué he de hacer en ocasión tan fiera?
Mas ya sé qué he de hacer; allí una reja   805
paso a un balcón me deja,
que es de una galería
del jardín, guardad vós la espalda mía
mientras me arrojo a él desesperado.

Carlos   Advertid no sea el Duque ese que ha entrado.   810

Astolfo   Pues eso, ¿qué remedia mis desvelos,
los duques no dan celos?
Fuera de que si yo lo he presumido,
de oírlo a Julia ha sido,
y puedo presumir, y justamente,   815
que quien miente el amor, el galán miente.

Carlos   Con vós vengo, y después de preveniros

el riesgo, a todo trance he de seguiros.

Astolfo (Éntrase.)   Pues yo en el jardín entro.

Carlos   Nadie entrará mientras estáis vós dentro.   820

(Salen el Duque y Porcia.)

Porcia   Ponte, señor, sobre el rostro
el rebozo de la capa,
porque pueda hacer mejor
el papel de la turbada.
Aquí, señora, está Astolfo.   825

(Sale Julia.)

Julia   ¿Cómo es posible que haya,
Astolfo, en un pecho noble
tan necia desconfianza?
A mi casa apenas vuelvo
de pedirte que a mi casa   830
no vengas por el temor
del Duque, cuando a ella llamas.
¡Qué necios celos!

Duque   No son
(Descúbrese.)   muy necios, Julia.

Julia   Turbada
estoy, ¡ay Porcia!, ¿qué es esto?   835

Porcia   Yo, señora, no sé nada.
A la seña abrí la puerta,
si a ti la seña te engaña,

¿qué mucho que a mí me engañe?

Julia   ¡Ay de mí, qué he de hacer!

Duque   Basta,   840
                 ¡oh Julia!, la turbación,
                 que yo solo he sido causa
                 a este engaño, porque amor
                 todo es ardides y trazas.
                 No quise más que saber   845
                 si puerta que tan cerrada
                 está a una fe verdadera
                 se abría a una seña falsa.
                 Ya no me podréis negar,
                 testigos son estas plantas,   850
                 que sobre tantos avisos
                 Astolfo mi gusto agravia.

Julia   Señor, señor, esa culpa,
                 aunque hoy esté averiguada,
                 mía es, que no es de Astolfo,   855
                 pues creyendo que él llamaba,
                 yo le mandé abrir la puerta.
                 Luego en las dos, cosa es clara,
                 si fuera el llamar su culpa,
                 y mía hacer que le abran,   860
                 ya estoy culpada y él no,
                 pues yo le abro y él no llama,
                 que desde el primer día,
                 señor, que por mi desgracia
                 me visitastes, no ha entrado   865
                 más aquí.

(Entra cayendo Astolfo.)

Astolfo	¡El cielo me valga!
Duque	Pues, ¿qué es esto?
Julia	¡Muerta estoy!
Porcia	¡Qué desdicha!
Astolfo (Aparte.)	Vida y alma, perdámonos de una vez, y no muramos de tantas. 870
Duque	¿Quién va?
Astolfo	Un hombre solo.
Duque	¿Cómo desta suerte en esta casa entráis?
Astolfo	Como vós de esotra.
Duque	¿Sabéis quién soy?
Astolfo	No sé nada, que a estas horas y a estos celos 875 todas las sombras son pardas.
Duque	Pues vuelve por donde entraste.
Astolfo	Celos no vuelven la espalda.
Duque	Haré que las vuelvas, y...

40

(Riñen.)

Julia   ¡Señor, Señor!

Duque   Suelta, aparta.   880

(Dentro ruido de espadas.)

Porcia   En la calle, al mismo tiempo,
                         se oyen también cuchilladas.

(Dentro Enrique.)

Enrique   Yo he de entrar en el jardín.

(Dentro Carlos.)

Carlos   Mi brazo esta puerta guarda.

Julia   Da voces, Porcia.

Duque   Hoy verás   885
                         que es rayo ardiente mi espada.

Astolfo   ¡Oh! Que estás favorecido
                         y riñes con gran ventaja.

(Dentro Enrique.)

Enrique   La puerta echaré en el suelo.

(Dentro Carlos.)

Carlos	Guardola yo.
Julia	¡Pena rara!	890

(Dentro Leonelo.)

Leonelo	Yo te sabré hacer pedazos.
Porcia	Luces traeré desta sala.
Julia	Acudid todos.
Astolfo	¡Ay cielos! Muerto soy.

(Cae en el suelo herido y desmayado.)

Porcia	¡Desdicha extraña!
Duque	Que aquí no me conocieran	895
	fuera de grande importancia.

(Entran todos.)

Enrique	Julia, ¿qué es esto?
Julia	No sé,
	tu desgracia y mi desgracia.
	Tu hijo Astolfo, ¡muerta estoy!,
	es, ¡qué pena tan tirana!,	900
	el que, ¡rigurosa estrella!,
	sobre, ¡el aliento me falta!,
	esas flores, ¡qué rigor!,
	caducas ya, ¡qué desgracia!,

42

	hizo, ¡terrible desdicha!,	905
	que con su púrpura y nácar	
	se conviertan en rubís	
	las que fueron esmeraldas.	
	El brazo, ¡ay Dios!, que te ofende,	
	el acero que te agravia,	910
	no le sepas, no le sepas,	
	que sepa doblar las ansias,	
	ver posible la desdicha	
	y imposible la venganza.	

Enrique	¿Cómo imposible, ¡ay de mí!,	915
	si este acero y estas canas	
	Etna de fuego y de nieve	
	serán?	

Julia	Tente, espera, aguarda,	
	no le ofendas que es el Duque.	

Duque	Enrique, Enrique, ya basta.	920

Enrique	Pues vuestra Alteza, señor,	
	¿tanto enojo, furia tanta?	

Duque (Vase.)	Así mi valor castiga	
	a quien mi valor agravia,	
	y si mil veces viviera,	925
	le diera muerte otras tantas.	

Leonelo	¡Qué lastimosa tragedia!	

| Otavio | ¡Qué rigurosa desgracia! | |

| Carlos | ¡Qué amigo tan infeliz! | |

Julia (Vase.)	¡Qué mujer tan desdichada!	930
Candil	De todo tuve la culpa, tener la pena me falta.	
Porcia (Vase.)	Temblando estoy de temor por ser de su muerte causa.	
Enrique	¡Ay infelice de mí! En pena, en desdicha tanta, pues que me falta en la tierra, denme los cielos venganza.	935

(Éntrase metiendo el cuerpo de Astolfo.)

Fin de la primera jornada

Jornada segunda

(Salen Enrique, viejo y Laura.)

Laura
                    Hasta que te vi, señor,
                    turbada estuve y suspensa,
                    pendiente el alma de un hilo,
                    ni bien viva ni bien muerta.
                    ¿Cómo vienes? ¿cómo fue   5
                    este prodigio? ¿qué intentas?
                    ¿qué pasó? ¿qué sucedió?
                    No con tal duda me tengas,
                    porque es otra pena aparte
                    vivir dudando una pena.   10

Enrique
                    ¿Estás sola?

Laura
                                  Sola estoy,
                    pero cerraré esta puerta.

Enrique
                    No la cierres, que podrán
                    escucharnos detrás della,
                    que el que quiere decir, Laura,   15
                    cosas, y más como estas,
                    adonde importa el secreto
                    tanto hace mal si la cierra,
                    pues no sabe quién le escucha,
                    mejor es dejarla abierta;   20
                    que yo veo desde aquí
                    a quien sale y a quien entra.
                    Ya te acuerdas de la noche
                    que, tantas veces funesta
                    para mí, desde la casa   25
                    de madama Julia bella

truje a la mía a tu hermano
en mis hombros; ya te acuerdas
que, entre tu sangre bañado
volvió del desmayo apenas,   30
cuando... Mas ¿por qué mi voz
repetirte, Laura, intenta
lo que es justo que no olvides,
lo que es preciso que sepas?
Pues dijo un sabio que solo   35
arte de memoria era
estudiar uno desdichas,
que, como una vez se aprenda,
nunca saben olvidarse.
Y pues acordarte es fuerza,   40
paso ahora a lo que ignoras,
porque todas las adviertas.
Apenas el Sol anoche
vencido de las tinieblas,
caerse dejó en el mar,   45
sustituyendo su ausencia
las estrellas y la Luna,
porque abrasadas virreinas
de la majestad del Sol,
son la Luna y las estrellas;   50
cuando, poniendo reparos
a la sagrada violencia
del rayo del poderoso,
dispuse contra su fuerza
mi ingenio, bien como aquel   55
jeroglífico lo enseña
de la encina y de la caña,
que una fácil y otra opuesta
a las ráfagas del viento
del raudal a las violencias,   60

coronaron la humildad,
a vista de la soberbia.
Al tiempo, pues, que Sajonia
celebraba sus exequias
de Astolfo, salimos yo   65
y... mas turbada la lengua
no se atreve a pronunciarlo,
que aun de imaginarlo tiembla.

Laura   No importa, ya sé quién dices.

Enrique   En una oculta maleza   70
de ese monte, tan guardada
de las hojas y las peñas,
que no echó menos el día,
porque siempre para ella
es noche, pues no ve al Sol   75
que amanezca o no amanezca;
prevenidos dos caballos
tuve, cuya ligereza
el viento calzó de pluma,
tan hijos suyos, que fuera   80
la espuela manchar en ellos
desprecio y no diligencia.
Aquí, pues, la voz, aquí
en mil suspiros envuelta,
en mil lágrimas bañada,   85
dije... Pero gente llega,
luego, Laura, lo sabrás.

(Salen Lucrecia y Candil.)

Lucrecia   Don Carlos está a la puerta.

Candil	Dice, si para besar
	tus manos, le das licencia. 90
Enrique	Amigo de Astolfo fue.
Laura (Aparte.)	(Y enemigo mío, pues llega
	a darme tantos cuidados.)
Enrique	Decid que entre en hora buena.

(Hace que se va Lucrecia, y vuélvese a estar.)

                Pero decidme primero,   95
                Candil, ¿qué venida es esta,
                servís a Carlos?

Candil	Señor,
	desde aquella noche mesma,
	que trujiste herido a Astolfo
	a casa, y como si fuera 100
	tu familia tu homicida,
	con enojo y con afrenta
	a todos nos despediste.
	Sirvo a Carlos.
Enrique	No me pesa,
	decid que entre; mira, Laura, 105
(Vase Candil.)	que importa que nada entienda.
Laura (Aparte.)	(Eso díselo a mis ojos,
	porque, si son mudas lenguas
	del alma, no callarán
	a Carlos nada que sepan.) 110

(Salen Carlos y Candil.)

Carlos	Aunque fuera desta casa,	
	dando de mi amistad muestra,	
	recibo el pésame yo,	
	el darle aquí será fuerza.	
	Si bien de una circunstancia	115
	hoy mis ojos me reservan,	
	que es encareceros cuánto	
	siento la infeliz tragedia	
	de Astolfo, pues si perdistes	
	un hijo y hermano en ella,	120
	yo perdí un amigo, y no	
	es pérdida más pequeña,	
	que es parentesco sin sangre	
	una amistad verdadera.	

Enrique	Bésoos, don Carlos, las manos,	125
	que bien tenemos por ciertas	
	de vuestra noble amistad	
	tantas generosas muestras.	
	Bien lo dice mi cuidado,	
	pues el no dejar que os viera	130
	Astolfo en su enfermedad,	
	por excusarle la pena	
	fue que llevó de perderos.	

Carlos	Mis lágrimas solo sean	
	hoy testigos de la mía.	135

Laura	Mal en tratarlas hicieras	
	como ajenas, siendo propias.	

| Carlos | Nunca estas fueron ajenas. | |

Candil (Hace que llora.) ¡Ay!

Lucrecia   Pues ¿tú lloras también?

Candil   ¿Y cómo, no consideras   140
                               estas lágrimas de tinta?

Lucrecia   Pues, ¿hay cosa que tú sientas?

Candil   No.

Lucrecia   Pues, necio, ¿por qué lloras?

Candil   Por hacer compañía, necia.

(Sale un criado.)

Criado   Aquel hombre que te habló   145
                               endenantes, está ahí fuera.

Enrique   Un negocio es, yo saldré
                               a hablarle, tú aquí me espera,
                               Carlos; que quiero después
                               besar la mano a su Alteza,   150
                               y que me acompañes quiero,
                               porque notes, porque adviertas
                               que dar gracias por agravios
                               es la mayor diligencia.

(Vase Enrique.)

Carlos   ¿Atreveranse mis voces,   155
                               pidiendo al llanto licencia,

validas de la ocasión
que ningún tiempo desprecia,
a mezclar, hermosa Laura,
amores a un tiempo y penas?   160
Pues entre penas y amores
hay tan poca diferencia,
que no salgo del conceto,
pues son una cosa mesma.

Laura   Bien podrás, Carlos, y bien   165
                    podré yo decir, atenta
                    a tus labios y a mis ojos,
                    que no es posible que sea
                    buen cortesano el amor,
                    pues de ninguna manera   170
                    habla más que una cosa,
                    mezclando gusto y tristeza.

Carlos   Por no distinguir los tiempos
                    ni las personas, se cuenta
                    que de un árbol mismo cortan   175
                    la muerte y amor sus flechas.
                    Y así, pues, amor y muerte
                    quiere el cielo que me hieran
                    tan a un tiempo que podrán,
                    cuando ir a cobrar pretendan   180
                    las saetas de mi pecho,
                    equivocar las saetas.
                    Bien podré, herido dos veces,
                    decir...

Candil   Ya mi señor entra.

Carlos   Pues ya no podré decirlo.   185

Laura	Sí podrás, por una reja de mi jardín esta noche.

(Sale Enrique.)

Enrique	Perdonad, por vida vuestra, la tardanza.

Candil (Aparte.)	(Más tendrá que perdonar en la priesa.)	190

Enrique	Y vamos [a ver] al Duque.

Carlos	Vamos.

Enrique	Laura, adiós te queda.

Laura	El cielo, señor, te guarde.

Carlos	No te olvides, Laura bella, de que en la reja tu Sol esta noche me amanezca.	195

Laura	No haré, Carlos, que me va la vida en que tú la tengas.

(Vase.)

Carlos	Tú, vete a casa, y prevén espada, capa y rodela.	200
(Aparte.)	(¡Oh, quién de un suspiro al día el achaque apagar pudiera, pues está, que viva un dios,	

en que solo una vez muera!)

Candil	Fuera razonable el soplo: 205

Candil

Fuera razonable el soplo: 205
¿oyes qué digo, Lucrecia?
Está avisada, que mi amo
hablar a tu ama concierta,
porque estés tú a hablarme a mí.

Lucrecia

¿De cuándo acá esa fineza?   210
Habiendo vivido en casa
tantos días, ¿hoy te acuerdas
de enamorarme?

Candil

            Es porque es
costumbre inmemorial esta,
ad perpetuam rei memoria,
entre los criados hecha,   215
que no es porque yo te quiero,
mas podrá ser que te quiera,
por solo hacer compañía.

Lucrecia

Allá con Porcia se avenga,
no es Lucrecia para burlas.   220

(Vase.)

Candil

Dos romanas de la legua
enamoro, y ¡vive Dios!,
que he de ser en medio dellas,
pues fui de la Porcia Bruto,
Tarquino desta Lucrecia.   225

(Vase.)

(Salen el Duque, Leonelo y Otavio.)

Duque   Esta pena, esta furia,
doméstico enemigo que me injuria;
esta ansia, este veneno,
áspid ingrato que abrigué en mi seno;
esta ira, esta rabia   230
que el corazón, que es dueño suyo agravia,
no es posible que sea
amor, deidad en mí mayor emplea,
con enojo más fuerte,
pena, furia, veneno, rabia y muerte;   235
pues son tantos desvelos
las cabezas de la Hidra de los celos.

Leonelo   Yo no sé de qué suerte los previenes,
pues tienes celos, y de quién, no tienes.

Duque   Por respuesta, que puedo, te prevengo,   240
tenerlos, pues de quien tenerlos tengo.
Tú mismo a un hombre viste
que un jardín aquella noche, ¡ay triste!,
ciego y desesperado
entró, a quien yo, ofendido y enojado,   245
quité la vida, sin quitar la vida;
pues primero murió, que de la herida
de los celos que tuvo.
¡Qué fino amante, qué cortés anduvo!
Pues murió, averiguados los recelos,   250
a vista de su dama y de sus celos.

Otavio   Si tú mismo confiesas desos modos
que murió, y es verdad que anoche todos
su entierro vimos, ¿cómo en esta parte

| | un muerto puede darte | 255 |
| | celos? | |

Duque   Como no mueren con la muerte
            los celos.

Leonelo   ¿De qué suerte?

Duque   Desta suerte.
            De contrarios efectos esta llama,
            de contraria razón esta centella
            de celos nace en una causa bella,   260
            o bien porque es amada, o porque ama.
            Ni ser amada, pues, ni amar la dama
            consiente amor, tasándole su estrella;
            mas entre ser amada o amar ella,
            lo uno disgusta, pero lo otro infama.   265
            Luego si ya de Astolfo ser querida
            no puede Julia, y yo en su llanto advierto
            que ella puede quererle sin la vida,
            de los dos daños el mayor es cierto,
            y pues Julia de un muerto no se olvida,   270
            bien puedo yo tener celos de un muerto.

Otavio   Sutil sofistería
            de amor.

Duque   Pues mi mortal melancolía
            della nace, y yo muero,
            porque remedio a mi dolor no espero.   275

Leonelo   Como tenerle quiera
            tu Alteza, le tendrá.

Duque	¿De qué manera?
Leonelo	Ovidio dice, hablando del remedio de amor, cuál es el medio: oye el verso.
Duque	Holgareme de sabelle.

280

Leonelo	«Para vencer amor, querer vencelle».
Duque	Pues yo quiero y no puedo: luego ¿miente Ovidio, o aconseja neciamente? Y pues la pena mía tan obstinada en mi dolor porfía, con otra industria he de poder vencella.

285

Otavio	¿Qué pretendes hacer?
Duque	Fiarme della sin resistirme, a ver lo que hacer quiere de mí, lléveme, pues, donde quisiere. Preveníos los dos para esta noche, que el Sol apenas hoy desde su coche lid de rayos y olas verá sobre las ondas españolas, cuando a la calle yo de Julia vaya, solo a ver sus umbrales, porque haya menos entre mi amor y su belleza.

290

295

(Salen Enrique y Carlos.)

Enrique	Deme a besar las plantas vuestra Alteza.
Duque (Aparte.)	(Solo esto le faltaba a mi castigo,

quejas de un padre y quejas de un amigo.)

Enrique   Si algún día os mereció   300
mercedes, señor, mi fe,
dadme hoy albricias.

Duque   ¿De qué?

Enrique   De que ya Astolfo murió.
Aunque pido mal, que yo
y mi honor al gusto vuestro   305
las debemos, bien lo muestro
con tan alegre albedrío,
pues fue el muerto un hijo mío,
que no fue un esclavo vuestro.
De aquella infelice herida   310
la ocasión aprovechó
porque hiciera mal, si no
muriera a tal homicida.
Su muerte, pues, y su vida
que en mí son uno, es muy cierto,   315
pues si ya vengado advierto,
señor, vuestro enojo esquivo,
para mí está Astolfo vivo,
cuando está para vós muerto.

Duque   Bien, Enrique, han hecho alarde   320
los esfuerzos del dolor,
de la sangre y del valor.
¡Dios os guarde, Dios os guarde!

(Vanse el Duque y criados.)

Carlos   Confuso el Duque, cobarde

| | y turbado ha respondido. | 325 |

| Enrique | Piedad de su pecho ha sido.
Adiós, adiós, Carlos. |

| Carlos | Yo
he de ir con vós. |

| Enrique
(Aparte.) | Eso no,
(bien hasta aquí ha sucedido.) |

(Vase.)

Carlos	Si decir uno el dolor	330
	que padece, no enternece	
	sino al que el dolor padece,	
	bien podré decir mi amor	
	al Sol, pues su bello ardor	
	un laurel siguió fiel,	335
	y no dudo yo que él	
	con sombras el yerro dore	
	de que yo una Laura adore,	
	pues él adoró un laurel.	
	¡Oh tú, planeta luciente,	340
	mide en tu pena la mía,	
	y haz hoy síncopa del día	
	el ocaso y el oriente!	
	Apague el azul tridente	
	tu luz, arder no presuma,	345
	y nazca mi amor, en suma,	
	de espuma y sombra entre horror,	
	pues siempre nace el amor	
	de la sombra y de la espuma.	
	Ya parece que obediente	350

a mi voz noble y bizarro
guia el pértigo del carro
por los campos de Occidente:
sombra y luz confusamente
hacen que el atado broche   355
de sombra y luz desabroche
el sueño, ya perezoso,
equivocando el dudoso
rubricano de la noche.
Y pues ya se ha declarado   360
triunfante la niebla fría
de las campañas del día,
y yo a mi casa he llegado,
quiero, de traje mudado,
ir donde Laura me espera,   365
luciente Sol desta esfera.

(Sale Candil.)

Candil   ¡Vive Dios, no pare aquí
                 un instante!

Carlos   ¿Candil?

Candil   Sí.

Carlos   ¿Dónde vas desta manera?

Candil   Huyendo.

Carlos   Loco pareces;   370
                 ¿qué hay?

Candil   No lo sabré decir,

	ni aun pienso que sabré huir, con haberlo hecho más veces.	
Carlos	Nuevas sospechas me ofreces; ¿qué es lo que te ha sucedido?	375
Candil	Yo...	
Carlos	Prosigue.	
Candil	Estoy perdido; ¿viene alguien?	
Carlos	No.	

Candil   Te esperaba,
              cuando sentí que a la aldaba
              de las puertas hacen ruido.
              Fui a ver quien era, y hallé   380
              un hombre, que rebozado
              me mató la luz, turbado
              quién era le pregunté,
              y muy quedo dijo que
              te buscase, mas no habló.   385
              Dentro de casa se entró,
              y del último aposento
              cerró las puertas, atento
              a que no le viera yo:
              allí está, en fin, encerrado.   390
              Ni sé quién es, ni qué quiere.

Carlos   Calla, y más tiempo no espere.
              Trae luz, que determinado
              yo haré que de ese cuidado

salgas.

Candil
(Entra y saca luz.) Aquí tienes ya   395
la luz.

Carlos   ¿Dónde es dónde está?

Candil   Aquí.

Carlos   La puerta abriré.

(Abre Astolfo la puerta y no sale.)

Pero ella abrir se ve:
¡quienquiera que es salga acá!
¿No sale? Entra tú.

Candil   Si fueras   400
a caballo, me tocara
ir delante, mas repara
yendo a pie, ¡cuán mal hicieras
si delante me trajeras!

Carlos   Suelta la luz.

Candil   Eso haré   405
fácilmente.

Carlos   Yo veré
quien está dentro.

(Entra Carlos con la luz y la espada desnuda.)

Candil	Cerró	
	la puerta, así como entró	
	Carlos, quienquiera que fue.	
	¿Qué me toca hacer aquí	410
	por la ley del duelo, siendo	
	criado?, ¿criado dice? Entiendo	
	que solo mirar por mí.	
	Y pues tanto ha que no vi	
	a Porcia, a verla iré en tal	415
	duda, afectos de leal	
	ningún cuidado me den,	
	porque nunca me hará bien	
	si yo no le sirvo mal.	

(Vase, y salen Porcia con luces y Julia con luto.)

Julia	Pon en ese cenador	420
	las luces sobre un bufete,	
	porque no estemos a escuras	
	en este trágico albergue	
	las dos solas.	
Porcia	Ya están puestas,	
	y en él prevenido tienes	425
	un tapete y una almohada,	
	para que al fresco te sientes,	
	ya que de estar aquí gustas.	
Julia	Ningún descanso apetece	
	mi vida, en tanto que triste,	430
	entre laberintos verdes,	
	cercos ya de la fortuna,	
	y teatros de la suerte,	
	lloro, Porcia, mis desdichas,	

imitadoras del Fénix   435
tanto, que en cuna y sepulcro
unas nacen y otras mueren;
que a las desdichas siempre
otras desdichas hay que las hereden.
Triste, funesto jardín,   440
tú, que en tiempo más alegre,
si pompa del amor fuiste,
ruina ya del amor eres;
donde al cielo que lo admira
y a la tierra que lo atiende,   445
representó la fortuna
tragedias de amor, que pueden
tanto a las flores mover,
tanto ablandar a las fuentes,
que a las fuentes y a las flores,   450
de piadosas y corteses,
corren por perlas corales,
dan por jazmines claveles.
Oye mis desdichas, pues
lugar a mis dichas deben   455
tus cristales y tus rosas
por lo que se les parecen;
que mis dichas son flores y son fuentes,
o por lo fugitivo o por lo breve.
Yo vi, yo vi coronado   460
en este jardín alegre,
de vitorias al amor.
¡Cuánto engaña, cuánto miente,
quien deidad le llama, pues
una desdicha le vence!   465
Dígalo a voces la aurora
que en estas hojas se mueve
quejosa, porque mis voces

con sus cláusulas concierten;
díganlo a señas las plantas 470
manchadas, que en este albergue,
para ser tálamo nacen,
y siendo túmulo, mueren;
pues el aura, y pues las plantas,
de tratarme a mí y de verme, 475
solo suspiros estudian,
solo lágrimas aprenden;
y podrán mejor que yo,
a quien turban y enmudecen
las penas, porque en efeto 480
las padezca y no las cuente;
que el que decirlas puede,
más las alivia, Porcia, que las siente.

Porcia   ¿El campo de la fortuna
                dejas correr de esa suerte 485
                al discurso? No podrás
                pararle cuando lo intentes:
                haz treguas, señora, un rato
                con las lágrimas que viertes,
                que así morirás de triste. 490

Julia   Pues ¿qué dicha más alegre?
                Déjame, Porcia, llorar;
                pues todos dicen que es este
                el mejor bien de los males
                y el mejor mal de los bienes. 495
                Pero ¿quién se entra hasta aquí?

(Sale Candil.)

Candil   Un muerto Candil, que viene

64

	a las luces de tus ojos a quemarse, y no a encenderse.	
Julia	Desde que Astolfo murió, Candil, no has venido a verme.	500
Candil	Don Carlos, mi nuevo dueño, tan ocupado me tiene, que no he tenido lugar.	
Porcia	Muy anciano chiste es ese, dar por disculpa a los amos de la culpa que no tienen; di que Lucrecia, y dirás bien.	505
Candil	El diablo me lucrecie, que es mucho más, Porcia mía, que decirle que me lleve, si yo...	510
Julia	¿Qué es eso?	
Candil	Pregunto, ¿y qué haces desta suerte? ¿No te da miedo este sitio?	
Julia	No, que quien ama no teme, como el can que de su dueño sobre el sepulcro fallece, de la lealtad y el amor jeroglífico excelente, yo sobre aquestas caducas plantas, monumento débil	515 520

de Astolfo, pues aquí fue
adonde cayó, estoy siempre
con voces y con suspiros
gimiendo y llorando a veces.   525

Porcia   ¿Quieres que, por divertirte,
                  cante?

Julia   Él solo consiente
                  mi dolor, por ser así
                  que la música entristece.

(Dan golpes debajo.)

                  Oye, detente; ¡ay Candil!,   530
                  ¡ay Porcia! ¿Qué ruido es este?

Candil   Yo no entiendo bien de ruidos.

Porcia   Ni yo tampoco.

Julia   Parece
                  que en el centro de la tierra
                  sepulcros se abren crueles.   535

(Vuelven a dar golpes.)

                  Vuelve a escuchar...

Porcia   ¿Tan buen son
                  es?

Julia   A ver si el ruido vuelve.

Candil	Sí vuelve, porque es un ruido muy puntual.
Julia	[Ya es bien me acerque.]
Porcia	No yo, que temiendo estoy 540 desde el perico al juanete.
Candil	Yo, que no tengo perico, temo desde el pie a la frente.

(Dan golpes.)

Julia	Dad voces.
Porcia	Yo no, no puedo.
Candil	Ni yo, que fuera indecente 545 dar voces en casa ajena.
Julia	Preñada la tierra quiere, rasgándose las entrañas, que nazcan o que revienten prodigios. ¿No veis, no veis 550 cómo toda se estremece? ¿No veis las plantas y ramos o sacudirse o moverse?
Porcia	¡Pluguiera a Dios no lo viera!
Candil	¿Qué es esto que hoy me sucede? 555 ¿Allá embozados y aquí dan golpecitos?

Julia	Valedme,
	¡cielos!, que ya no hay valor.

(Ábrese un escotillón y sale Astolfo lleno de tierra.)

Pues Astolfo, ¡ay de mí!, es este,
que aborto del centro nace   560
en la parte donde muere.

Porcia	Válgame San Verbo caro.
Candil	San Dios, San Jesús mil veces.
Porcia	¿Adónde estaré segura?

(Vase.)

Candil	Tratar quiero de esconderme.	565
Astolfo	Quédate, Carlos, aquí,	

por lo que me sucediere,
que hasta recorrer la casa
yo entraré solo.

Julia	¡Detente,	
	Astolfo!	
Astolfo	Julia, no temas.	570
Julia	¿Qué me afliges? ¿Qué me quieres?	

¡Déjame, déjame!

Astolfo	Julia,

oye, escucha, mira, advierte;

sobre las flores cayó,
donde, rendida parece   575
la deidad que en este templo
aras de púrpura y nieve
dan a estatuas de jazmines,
dan a imagen de claveles.
¡Oh, qué mal hice, ¡ay de mí!,   580
en romper, sin que estuviese
Julia avisada, esta mina!
Pero, ¿qué habrá que yo acierte?
¿Y quién pudo prevenir
que aquí, a estas horas, la viese?   585
¡Mira, oh cielo, que no es justo,
ya que por muerto me tiene,
que siendo yo el muerto, sea
Julia el cadáver! Advierte
que expira en su luz el día,   590
de tantas flores te duele,
huérfanas sin su hermosura.

Porcia (Dentro.)   ¡Al jardín, criados, gente!

Candil (Dentro.)   Id, a socorrer a Julia.

Duque (Dentro.)   Nada, Leonelo, receles.   595
                     Voces dan, rompe esas puertas.

Astolfo   Ya en el jardín entra gente.
                     ¿Qué he de hacer, que unos de otros
                     nacen los inconvenientes?

(Golpes dentro.)

                     Si me echo a la mina, dejo   600

abierta la boca, y pueden
averiguar contra Carlos
y contra mí fácilmente
el intento; si la cierro
con ramas, porque no lleguen   605
a verla, no tengo luego
por donde salir, de suerte
que en irme, Carlos y yo
padecemos igualmente;
y en quedarme y ocultarme,   610
yo solo, pues yo me quede
empeñado y asegure
a Carlos. Mas, pues me ofrece
tan casual instrumento

(Cubre la boca con una almohada.)

esta almohada, ella cierre,   615
y fiando a la fortuna
algo en desdicha tan fuerte,
me encerraré en esta cuadra.
¡Valedme, cielos, valedme!

(Escóndese y salen Porcia, el Duque, criados y Candil.)

Duque   A tu voz rompí esas puertas.   620
                     ¿Qué es esto, Porcia? ¿Qué tienes?

Porcia   No sé, señor.

Duque   Di, Candil,
                     ¿qué es lo que a los dos sucede?
                     Pero no me lo digáis,
                     ya veo que a un accidente,   625

en el mismo sitio adonde
a Astolfo le di la muerte,
Julia yace desmayada.
¡Julia hermosa!

Julia   ¿Qué me quieres?
¡Déjame, Astolfo!

Duque   No soy,   630
sino yo. ¿Qué es esto?

Julia   Atiende.
En este, ¡ay Dios!, no sé (no tengo aliento)
como diga, jardín o monumento;
en este, ¡ay Dios!, no sé (desdicha dura)
como diga, sepulcro de hermosura...   635
Mas ¿qué dudo, luchando yo conmigo?
Monumento, señor, y jardín digo.
Mas ¿qué digo, conmigo batallando?
Hermosura y sepulcro digo, dando
la rienda a mis enojos,   640
aportaban los labios a los ojos
a lágrimas y voces,
que igualmente veloces
corrían cada cual a su elemento,
el llanto al agua y el suspiro al viento: 645
si no es que desatados
iban todos al fuego, que abrasados
tanto salían de mi helado pecho
lágrimas y suspiros, que sospecho
que monstruo el fuego sea,   650
cuando compuesta de contrarios vea
su esfera, porque luego
cuanto temí y lloré, todo era fuego;

pues por donde el suspiro y llanto pasa,
el llanto quema y el suspiro abrasa.   655
Aquí, en mis fantasías,
crueldades tuyas, o desdichas mías,
estaba, pues, llorando,
cuando, ¡ay infeliz!, cuando
alterada la tierra,   660
que los tesoros pálidos encierra
de muertos, con extrañas
lides rasgar quería las entrañas,
echando de su centro
los prodigios que ya no caben dentro   665
de mudos golpes, pues flores y plantas,
informadas, ¡ay Dios!, en penas tantas,
a temblar empezaron.
Que también las raíces que miraron
del céfiro las hojas sacudidas,   670
no es mucho, mas que tiemblen hoy heridas
las hojas con embates infelices
al céfiro que hiere las raíces,
son iras, son congojas
que ignoran las raíces y las hojas.   675
En efeto, al gemido, que no pudo
articular el viento, porque mudo
dentro del seno estaba,
cuando solo por señas se quejaba,
tembló el jardín, y tanto le provoca,   680
que para respirar abrió la boca.
No así el Vesubio fiero,
que, baluarte rústico de acero,
contra los cielos vomitar presumo
bombas de fuego y pólvora de humo,   685
comunero del Sol, al Sol se atreve,
de cuyo incendio es la ceniza nieve;

como esta tierra, esta que ves, herida,
de sus mismas entrañas desasida,
a las estrellas estrella sube   690
pirámide de polvo, densa nube,
a empañar importuna
los trémulos cristales de la Luna.
Yo vi aquí, desmayada
la voz, torpe la acción, la lengua helada,   695
erizado el cabello,
en el pecho un puñal, un nudo al cuello,
equívoca la vida,
al corazón la sangre retraída,
embargado el aliento,   700
muerto el sentido, vivo el sentimiento...
No puedo hablar... Yo vi, yo vi bañado
en sangre y polvo a Astolfo, que abortado
de su sangre nacía.

Duque   Detente, que tu gran melancolía,   705
que tus vanos desvelos
en ti fueron temores y en mí celos;
pues cuanto causa ha sido
de que tú esa ilusión hayas tenido,
con el mismo argumento   710
lo es de que tenga yo este sentimiento.
¿Adónde está esa boca que te asombra,
adónde, que te aflige está esa sombra,
sino es en tu deseo?
Y pues que vivo en tu memoria veo   715
a quien muerto me ofende,
vengarse dél aquí mi amor pretende.
No hablarte imaginaba
jamás, aunque tus prendas adoraba,
mas pues un muerto a mí me da desvelos,   720

vivo yo, a él le tengo de dar celos.
Y no será la pena, no, fingida,
que si el alma no muere con la vida,
bastarale en tal calma,
para que tenga celos, tener alma.   725
Salíos todos afuera.

Julia   Mira, señor, advierte, considera...

Duque   No llores, que es en vano.

Julia   Que a los cielos ofendes.

Duque   Soy tirano.

Julia   Manchadas estas flores,   730
¿no te ponen horror?

Duque   Desprecio flores,
y antes, que has de ver, piensa,
que con tu sangre se manchó su ofensa.

(Escondido al paño Astolfo.)

Astolfo (Aparte.)   (No verá, que primero
moriré yo otra vez; ¿cielos, qué espero?)   735
Pero si a verme llega,
el paso a mi esperanza se le niega,
que querer que de verme aquí se asombre,
es temor de mujer, no es temor de hombre.
Pues el remedio sea,   740
que estorbe la ocasión y él no me vea.

Duque   Pues viste a Astolfo, di que a defenderte

llegue.

(Sale Astolfo por parte que no le vea el Duque, mata la luz.)

Astolfo   Sí llegará, de aquesta suerte.

Duque   La luz han muerto y una voz escucho.

Julia   De Astolfo es esta voz.

Duque   Cobarde lucho   745
                   con mi asombro y contigo.

Julia   Mira si fue temor cuanto yo digo.

Duque   Temor fue, que primero
                   que al espanto me rinda, hacer espero
                   de mi valor alarde,   750
                   que nada a mí me puede hacer cobarde.

Astolfo (Aparte.) (Ya, ¡cielos!, que sin verme
                   estorbé su rigor, vuelvo a esconderme.)

Duque   ¿Adónde, voz, te escondes?
                   Si me llamas, ¿por qué no me respondes? 755

(Sale Carlos.)

Carlos (Aparte.)   (A las voces, espadas y ruido,
                   del puesto que aguardaba me he salido,
                   que, ya Astolfo empeñado,
                   con él he de morir puesto a su lado,
                   que es lo que a mí me toca,   760
                   y como estaba dejaré esta boca.)

Julia   ¡Muerta estoy, cielos!

Duque   Ilusión o sombra,
ni tu aspecto me espanta ni me asombra.
¡Hola, Leonelo, Otavio!

(Salen todos con luz.)

Leonelo   ¿Qué es aquesto?

Carlos (Aparte.)   (En grandes confusiones estoy puesto.)   765

Duque   ¿Qué miro? ¿Carlos?

Carlos   Sí.

Duque   ¿Cómo has entrado
aquí?

Carlos   Del ruido entré, señor, llamado.

Leonelo   ¿Por dónde, si la puerta
guardamos?

Carlos   Por las tapias de la huerta.

Candil   Pues muy presto has venido,   770
para dejarte en casa y escondido.

Duque   ¿Viste a Carlos, Leonelo? ¿Otavio viste
a Astolfo? ¡Penas tristes!

Carlos   ¿A Astolfo? Considera que sería

	ilusión de tu ciega fantasía.	775
Duque	Si el miedo engaña, ¿puedo yo engañarme, si yo no tengo miedo? Yo he escuchado su voz, su forma he visto al matarme esas luces; mal resisto la cólera.	
Julia	¿Y es cierto?	780
Candil	Él anda en pena aquí después de muerto.	
Leonelo	Pues para asegurar tales extremos, todo este jardín examinemos.	
Carlos (Aparte.)	(¡Ay de mí, si por dicha le hallan!)	

(Astolfo al paño como escondido.)

Astolfo	¡Qué cierta es, cielos, mi desdicha!	785
Duque	Abierta está esta cuadra.	
Carlos	Yo a miralla el primero entraré.	
Astolfo	Pues, Carlos, calla.	
Carlos	Sí haré, nadie hay aquí.	
Otavio	Ni aquí tampoco.	
Duque	Pues no fue sueño lo que miro y toco.	

	Yo le he visto y oído,	790
	verdad, Leonelo, ha sido,	
	iqué desdicha tan fuerte,	
	en el lugar donde le di la muerte!	

(Vase.)

Porcia   Este galán fantasma, ¿qué pretende?

Candil   Que tenga esposo...

Porcia   ¿Quién?

Candil   La dama duende.   795

(Vase.)

Julia   ¿Quién mis penas ignora?

Carlos	Julia, escucha, aunque ver vuelvas ahora	
	a Astolfo, no te espantes, porque vivo	
	está, y a verte viene. Esto apercibo	
	de paso a tu belleza;	800
	que no puedo dejar de ir con su Alteza.	
(Aparte.)	(Y no es sino ir a ver si amor restaura	
	tan tarde la ocasión de ver a Laura.)	

Julia	Carlos, escucha, detente,	
	no dejes tan presuroso	805
	por virrey en mis sentidos	
	un asombro de otro asombro.	
	Astolfo, ¿cómo es posible	
	que vive, cómo, di, Astolfo	
	viene a verme, cómo puede	810

ser verdad?

(Sale Astolfo.)

Astolfo   Escucha cómo,
ya que avisada de Carlos,
imposible dueño hermoso,
estás, y el temor nos deja
en aqueste jardín solos.   815
Bien te acuerdas que a esta esfera,
y aun aqueste sitio proprio,
celoso una noche entré
y salí muerto. No toco
si fue lo mismo el salir   820
muerto que el entrar celoso,
puesto que celos y muerte
dicen muchos que es lo propio.
En los brazos de mi padre,
que me lloraba piadoso,   825
a pesar de mi dolor
el perdido aliento cobra,
de la derramada sangre
bañado cabello y rostro,
tanto que corriendo al pecho   830
en dos humanos arroyos
los ojos y las heridas
equivocaron lo rojo;
porque para que dudase
si la vierto o si la lloro,   835
de envidia de las heridas
lloraban sangre los ojos.
En el último aposento,
donde apenas temeroso
entró el Sol deshecho en rayos,   840

entró el aire envuelto en soplos,
me encerraron; y la cura
de la herida fue de modo
que ni amigo ni criado
entró a verme; porque solos   845
mi padre y mi hermana fueron
asistiendo cuidadosos,
los práticos obedientes
de un grande físico docto,
que entraba a verme a deshora   850
recatado y temeroso.
Con este estudio en mi padre,
en mi hermana estos ahogos,
este silencio en mi casa
y esta ceremonia en todos,   855
convalecí, por hacer
a mis celos este oprobrio
de no morir de mis celos,
o por darles este enojo
a mis dichas, pues vivir   860
un desdichado no es poco.
Apenas, pues, nueva vida
mal restituido cobro,
cuando mi padre de aquel
voluntario calabozo   865
me saca una noche a escuras,
al mismo tiempo que oigo
en otro cuarto en mi casa
tristes exequias y lloros.
Los umbrales de una puerta   870
pavorosamente toco,
cuando de la otra sale
un entierro suntuoso:
«¿quién es el muerto?», pregunto

a mi padre, y él, dudoso: 875
«Tú eres aquel mismo», dijo.
Y aunque de escuchalle absorto,
conocí un gozo entre penas,
y vi una pena entre gozos,
de suerte que en un instante 880
breve, en un espacio corto,
vivo y muerto por dos puertas
me miré sacar yo propio.
Era la estación que ya
el planeta luminoso, 885
dejándonos en la noche
llevaba el día a otro polo.
Seguí a mi padre hasta un monte,
de cuyo seno medroso
disformemente nacía 890
el hurto, el sueño y el ocio.
Aquí, pues, en una oculta
parte, murada de troncos,
tanto que aún no penetraba
el inculto sitio umbroso 895
el aire que por defuera
le andaba acechando solo,
como para hacer silencio,
ceceando en suspiros roncos.
La lengua muda mi padre, 900
mal desatada en sollozos,
me dijo: «Yo he pretendido
no ver ni llorar, Astolfo,
tu muerte segunda vez,
porque dolor tan penoso 905
no es dolor para dos veces,
sin osar ponerle estorbos.
Ofendido al Duque tienes,

violencias de un poderoso
vénzalas, hijo, la industria,   910
cuando el valor puede poco.
Al rayo que de la nube
preñada es fatal aborto,
no le aborta aquella torre
que es cimera de un escollo,   915
revellín contra los rayos,
está al reparo de todos,
que aquella cabaña, aquella
que, en lo ignorado del soto,
apenas el Sol la sabe,   920
sí que burla los enojos;
porque lo ignorado más
seguro está del destrozo
que lo altivo, que está cerca
lo eminente de ser polvo.   925
Húrtale el cuerpo a la ira,
pues yo el miedo dispongo
tan nuevo que abrazo vivo
al que muerto lloran todos.
Desfigurado cadáver   930
es el que por ti supongo,
en quien del Duque la ira
quiebra, y llegue el desenojo,
que más allá de la muerte
no sabe pasar lo heroico.   935
De lo mejor de mi hacienda,
reducido a joyas y oro,
la mayor parte te entrego;
el céfiro es perezoso
con este caballo, en él   940
sube, y pon tu vida en cobro».
Dijo, y callando la lengua

calló, y hablando los ojos
dio de los pies al caballo,
dejándome puesto en otro.   945
Yo, que en medio de tan nuevos,
tan raros, tan portentosos
sucesos, dejé lugar
para ti, que fuera impropio
defeto que las desdichas   950
se levantasen con todo,
me acordé de que tenía
Carlos hecho para otro
fin una mina en tu casa...
Tu enemigo fue, no ignoro   955
que adivines el intento,
pues valiéndome animoso
de su amistad y mi amor,
sin tu licencia la rompo,
que es esta, por cuya boca   960

(Descubre la cueva.) bosteza la tierra asombros.
Por ella he venido, Julia,
a desengañarte solo
de que vivo, si es que vivo
hoy en tu pecho amoroso,   965
y pues tu riesgo y mi riesgo
si me estimas, lugar propio
te da el carro del amor
entre sus triunfos famoso.
Yo no puedo ya vivir,   970
a que ausentarme es forzoso,
y más habiendo causado
ya en tu casa este alboroto.
Vente conmigo, vivamos
libres del rayo, que como   975
viva yo contigo, Julia,

tendré a la fortuna en poco.
No desprecies la ocasión,
que a Dios te iguala en un modo,
pues está en tu mano hacer   980
de un desdichado un dichoso.
Y si no, desengañado
de que han valido tan poco
contigo, ¡oh hermosa Julia!,
estas lágrimas que lloro,   985
estos suspiros que lanzo
y estas razones que formo,
me iré donde nunca tengas
noticia de mí, pues solo
habrá servido el venir   990
a verte de un breve, un corto
paréntesis de mi muerte,
y de tu rigor quejoso,
dejándote a que del Duque
seas sagrado despojo,   995
volveré a cerrarle, haciendo
verdad mi fin lastimoso,
que si de una vez la muerte
el tuyo ha acertado a todos,
a mí ya de dos la una;   1000
¿cómo podrá errarme, cómo?

Julia   Astolfo, señor, mi bien,
dulce dueño, amado esposo,
y... Pero todo lo he dicho
con solo decir Astolfo,   1005
a mis ojos las albricias
de tu vida no perdono,
si bien no te pueden dar
más que lágrimas mis ojos.

Asombro tuve y temor   1010
de verte tan prodigioso,
y aunque el temor he perdido,
aún no he perdido el asombro,
que no es posible que sean
verdad las dichas que toco,   1015
que cuanto las sé, por vellas,
por ser dichas, las ignoro.
Tú vivas feliz los años
que vive el pájaro solo,
que es en hogueras de pluma   1020
hijo y padre de sí propio;
y si para que los vivas
algo a tu lado te importo,
llévame contigo, y sea
patria mía el más remoto   1025
clima, donde el Sol apenas,
nudo luciente del globo,
se deja acechar del día,
o adonde con rayos rojos
no deja triunfar la noche,   1030
que ya en estos, y en esotros,
viviré siempre contenta,
que no quiero más abono
para la felicidad
que poder llamarte esposo.   1035
Y así, en tanto que animosa
mi hacienda y joyas dispongo,
vive en la casa de Carlos,
que aunque por casos honrosos
es mi enemigo, también   1040
es tu amigo, y bien conozco
que si en balanzas iguales
aclaman un pecho heroico

venganza y piedad, irá
a la piedad generoso, 1045
y no a la venganza. ¿Quién
fuera ya prudente y loco
a la infame, cuando está
al paraje de lo heroico?
Y yo, para asegurarte 1050
tiempo, que será tan poco
que aun a ti te lo parezca,
hoy con estudio ingenioso
haré cubrir esta boca
con una trampa, del modo 1055
que con las plantas y flores
continuando los adornos
del jardín, engañar puedan
al austro, al cierzo y al noto.
Por aquí a hablarme vendrás 1060
de noche, sabiendo solo
un jardinero el secreto,
a quien fiarle dispongo.
Con esto y con el temor,
que ya publicado noto, 1065
tendré cerrado el jardín
todo el día, porque solo
para ti de noche abierto
esté. Pero ruido oigo:
vete, Astolfo, no te vuelva 1070
a ver.

Astolfo   Pésame, que el poco
tiempo no me da lugar
de agradecerte dichoso
estas finezas.

Julia	No esperes
	más.

Astolfo	A la mina me arrojo.	1075

Julia	Ya no me da espanto el verla.

Astolfo	Viéndote a ti, a mí tampoco.

Julia	Y es justo...

Astolfo	¿Qué?

Julia	Que antes ya
	la venere.

Astolfo	¿Por qué modo?

Julia	Porque es bien que de prodigios	1080
	use amor tan prodigiosos.

Astolfo	¿Eslo el tuyo?

Julia	Y lo será.

Astolfo	Digno es de lo que te adoro
	ese extremo.

Julia	El ruido vuelve.

Astolfo	Adiós, Julia.

Julia	Adiós, Astolfo.	1085

Fin de la segunda jornada

Jornada tercera

(Salen Leonelo y Enrique viejo.)

Leonelo	Presto saldrá aquí su Alteza,
	aquí podéis esperar,
	que tiene a solas que hablar
	con vós.
Enrique	¡Extraña tristeza
	es la mía! ¿No diréis, 5
	si vuestra atención lo infiere,
	qué es lo que el Duque me quiere?
Leonelo	De su boca lo sabréis.

(Vase Leonelo.)

Enrique	En notable confusión
	este recato me ha puesto, 10
	¿qué puede ser, ¡cielos!, esto
	que con tanta prevención
	le obliga al Duque a llamarme?
	¡oh, cómo siempre el temor
	camina hacia lo peor! 15
	Mas no hay de qué recelarme.
	Si quejoso me imagina
	de su rigor, ¿no será
	más cierto pensar que ya
	hacerme honras determina 20
	que disculpen su rigor?
	Sí, pues que no puede ser
	otra cosa, cuando a ver
	llego que de mi temor

el reparo he conseguido   25
tan cuerda y secretamente,
que de Astolfo, ¡ay de mí!, ausenten
aún yo propio no he sabido.
Pues si ya en salvo su vida
con su muerte está en mi extremo,   30
¿qué recelo ni qué temo?
Nada a mi valor impida:
A tus pies estoy, llamado
de ti, a servirte he venido.

(Salen Leonelo, Otavio y el Duque.)

Duque   Es verdad, que yo he querido,   35
                         Enrique, de un gran cuidado
                         con vós a solas hablar.

Enrique   ¿Cuidado y conmigo?

Duque   Sí,
                         y tan extraño.

Enrique (Aparte.)   (¡Ay de mí!)

Duque   Que si le llego a pensar,   40
                         decirle, Enrique, no puedo,
                         bien que le puedo sentir,
                         ni vós le podréis ya oír
                         o sin asombro o sin miedo;
                         y así, previniendo el pecho   45
                         de que me habéis de escuchar
                         un suceso singular,
                         oíd.

Enrique	Mil cosas sospecho, y ya, aunque mal, las resisto.
Duque	Pues de una vez las publique. 50 Yo he visto a Astolfo, yo, Enrique.
Enrique	¿Qué decís?
Duque	Que yo le he visto.
Enrique (Aparte.)	(¿Esta fue, ¡ay cielos!, qué haré, la ausencia, Astolfo, que hiciste?) ¿Dónde fue, dónde le viste? 55
Duque	En casa de Julia fue, donde cada noche va, que desde la que le vi, ninguna falta de allí y toda Sajonia está 60 llena desto, que si vós no la sabéis, habrá sido porque a vós nadie ha querido decirlo.
Enrique (Aparte.)	¡Válgame Dios! (Mas ¿qué me acobarda tanto? 65 Todo mi delito fue que dar vida procuré a un hijo, pues, ¿qué me espanto, si el estilo y el secreto con que lo dispuse, ha sido 70 haber guardado y tenido temor al Duque y respeto? Pues siendo así, ¿qué me admira

su enojo? Lo mejor es
decir, echado a sus pies,   75
la verdad desta mentira.)
Grande es el pesar, señor,
y tan grande, que no sé
qué disculpa, ¡ay de mí!, os dé
que os pueda sonar mejor   80
que la verdad. Padre soy
y vasallo vuestro, así
como todo procedí
entre los dos; mas ya estoy
a vuestros pies.

Duque   No me espanto   85
que esos extremos hagáis,
si hablar en esto llegáis.

Enrique   Pues si no os espanta el llanto,
muevaos también, y el perdón
de Astolfo, para que tenga   90
quietud, de esas manos venga.

[Duque]   Solo con esa ocasión,
Enrique, os envié a llamar;
porque su quietud deseo.

[Enrique]   Dame tus pies, que bien creo   95
de ti un bien tan singular.

Duque   Y así, para que proceda
hoy cuerda y piadosamente
como príncipe prudente,
decidme vós en qué pueda   100
mostrar mi piedad, ¿dejó

	deudas Astolfo? ¿ha tenido	
	obligaciones, que han sido	
	de restitución? Que yo	
	a todo quiero salir,	105
	todas las quiero pagar,	
	porque vaya a descansar.	
Enrique (Aparte.)	(¿Qué es esto que llego a oír?	
	De un recelo a otro más grave	
	discurro. Pues habla así,	110
	solo sabe que anda allí;	
	pero que vive no sabe.	
	Pues quédese tan secreto	
	como estaba mi cuidado,	
	que ya, de todo avisado,	115
	enmendarlo me prometo	
	segunda vez, si es que alguna	
	consejo admite el amor.)	
Duque	¿Qué decís?	
Enrique	Digo, señor,	
	que es infeliz mi fortuna;	120
	pero ya que generoso	
	su quietud solicitáis,	
	ved que palabra me dais,	
	como príncipe piadoso,	
	de hacer prudente y discreto	125
	cuanto a ella convenga hoy.	
Duque	Una y mil veces la doy.	
Enrique	Una y mil veces la acepto.	

Duque	Quietud, descanso y perdón
	tendrá Astolfo. Decid, ¿qué 130
	he de hacer?
Enrique	Yo os lo diré
	en llegando la ocasión,
	que la quiero examinar,
	por no embarazaros, no,
	sino solo en lo que yo 135
	no pudiere remediar.

(Vase.)

Leonelo	No sé si lo has acertado,
	señor, en haber creído
	tan fácilmente una sombra,
	tan vanamente un delirio, 140
	que te obligue a que des parte
	a Enrique; pues yo imagino
	que de sola una ilusión
	este escándalo ha nacido.
Duque	¡Oh, qué necio estás, Leonelo! 145
	Si es verdad que yo le he visto,
	si es verdad que los criados
	de Julia dicen lo mismo;
	porque desde aquella noche
	el espanto, repetido 150
	todas las demás, le ven
	venir a aquel propio sitio,
	¿cómo es posible que sea
	ilusión?

(Sale Candil.)

Candil	Y yo testigo,
	que a la primera pregunta 155
	de las generales, digo
	que no me tocan, por cuanto
	ni soy muerto ni lo he sido,
	ni quisiera jamás serlo.
	Y a la segunda confirmo, 160
	que vi a Astolfo ocularmente,
	cuando el dicho Astolfo vino
	al dicho jardín, que estaba
	la dicha Julia, y el dicho
	Candil lo firmó, so cargo 165
	del juramento que fizo.
Duque	¡Oh necio! Con tus frialdades
	¡a qué mal tiempo has venido!
Candil	Siempre vengo yo a mal tiempo,
	pues ha tanto que te sirvo 170
	de parlier, y nunca medro.
Duque	Calla y prosigue.
Candil	Prosigo,
	que en mentira de fantasmas
	nada en mi vida he creído,
	y para no serlo esta, 175
	escucha un discurso mío.
	Todas las noches que viene
	esta sombra que has creído,
	dicen que Julia al jardín
	baja, habiendo recogido 180
	su casa, donde hasta el alba

está, que aquesto he sabido
de Porcia y de otros que están
en su casa a tu servicio.
Pues ¿cómo es, señor, posible   185
que el amor haya rompido
al más feminil temor
las prisiones y los grillos,
tanto que hable una mujer
con un muerto? Doy que ha habido   190
muertos que pidan sufragios:
¿es de sufragios camino
irse a parlar con su dama
un muerto enamoradizo?
¡Vive Dios, que aquí hay engaño!   195

Duque   Bien a tus razones rindo
la razón; pero no puedo
los ojos con que le he visto.

Leonelo   Pues doy que vino a buscarte.
¿Cómo solamente vino   200
al jardín, y no a palacio?
Que si por el homicidio
te asombrara, él estuviera
en cualquier parte contigo.

Duque   No, sino que allí es adonde   205
repetir quise el delito,
y allí se me apareció.

Leonelo   Y las noches que ha venido
sin que el delito repitas,
¿a qué vino? Yo te digo   210
que si tú a Julia tuvieras

	fuera de su jardín mismo, que nunca el muerto viniera.	
Duque	Ya que estás tan discursivo, deste horror que miran todos, ¿qué imaginas?	215
Leonelo	Que imagino que, por ponerte pavor, Julia esta sombra ha fingido dentro, señor, de su casa, pues con esto ha conseguido que tú la dejes en ella. Y si no, haz que escondido me tenga en el jardín Porcia, que yo solo a entrar me obligo a averiguarlo; y haz tú que en aqueste tiempo mismo falte Julia del jardín, verás si es cierto o fingido, pues ni él vendrá si ella falta ni irá donde hubiere ido.	220 225 230
Duque (Esto dice a Candil.)	Yo puedo formar discursos, pero no temer peligros, y viendo tú que es engaño en mi ofensa concebido, nadie le ha de examinar, Leonelo, sino yo mismo. Ve tú a Porcia y dile a Porcia que del jardín el postigo me tenga abierto a la noche.	235
Candil	Y ¿con quién hablas?	

| Duque | Contigo. | 240 |

| Candil | Yo no puedo entrar en casa |
| | de Julia. |

| Duque | ¿Por qué? |

Candil

Reñido
estoy, señor, con un muerto,
por no sé qué que me dijo,
le puse en la calavera   245
estos mandamientos cinco:
jurómela con un hueso
y temo que haya venido
este muerto, rey de armas,
a aplacarme el desafío.   250

Duque

Tú has de hacer lo que te mando.
Yo me quedaré escondido,
y mientras que planta a planta
todo el jardín examino,
los dos me retiraréis   255
a Julia, a ver si atrevida
desprecia mi amor portentos,
arrastra mi amor prodigios.

Otavio

Porque lo más importante
no se nos olvide, dinos,   260
si acaso a Julia sacamos
deste hermoso laberinto,
¿dónde la hemos de llevar?

Duque

¿Dónde? A algún jardín vecino

de su casa, porque menos   265
sea el escándalo y ruido,
y este será el de Florencio,
el de Carlos o Fabricio.

(Vanse todos.)

(Salen Lucrecia, Laura y Carlos.)

Lucrecia   Mi señor sube, señora.

Laura   ¡Ay de mí!

Carlos   Yo estoy perdido,   270
                  que una vez que me atreví
                  a verte, haya sucedido
                  tan mal, ¿qué haré?

Laura   Retirarte
                  a aqueste retrete mío.

Carlos   ¡Ah cielos! ¡Qué juntos andan   275
                  la ventura y el peligro!

(Éntrase al retrete.)

(Sale Enrique.)

Enrique   Laura.

Laura   Señor.

Enrique   ¿Quién está
                  aquí?

Laura	Solo está conmigo Lucrecia.
Enrique	Salte allá fuera.
Lucrecia (Aparte.)	(¡Ay de todos si le he visto!) 280

(Vase Lucrecia.)

Laura (Aparte.)	(¡En qué ciega confusión están todos mis sentidos! ¡Mi padre llorando, ay triste, cuando Carlos escondido! Por no morir de cobarde, 285 a hablarle me determino.) Señor, ¿qué tristeza es esta? Tú con dolor repetido das lágrimas a la tierra, das a los vientos suspiros, 290 ¿qué es esto, señor, qué tienes?
Enrique	Tengo penas, tengo un hijo, y cada uno para un padre sois cuidados infinitos. Cuando pensé que de todos 295 con Astolfo había salido, vuelvo a padecer de nuevo cuidados de padre dignos.
Laura	¿Qué cuidados?
Enrique	Pues ¿no basta saber, Laura, que escondido...? 300

Déjame, que hablar no puedo.

Laura (Aparte.) (A declararse conmigo
iba, y al decir que sabe
que Carlos está escondido,
le volvió a atajar el llanto.)   305

Carlos (Aparte.) (¡Qué he de hacer, cielos benignos!)

Enrique   En fin, Laura, ¿no es bastante
ver que amor haya podido
traer en casa de su dama
un traidor que me ha ofendido 310
en la vida y el honor?

Laura (Aparte.) (¡Qué escucho, cielos!)

Carlos (Aparte.)   (¡Qué miro!)

Laura   Señor, tu honor siempre está
más que el Sol luciente y limpio,
que nadie pudo atreverse   315
a turbarle el menor viso.

Enrique   No está, Laura, pues Astolfo
me pone a tanto peligro.

Laura   ¿Quién, señor?

Enrique   Astolfo, que
enamorado ha venido   320
a la Corte, y en su casa
le tiene Julia escondido,
donde le han visto mil gentes,

y el Duque propio le ha visto.

Laura (Aparte.)	(Eso sí, vuelva mi aliento	325
	otra vez al pecho mío.)

Laura (Aparte.)   (Eso sí, vuelva mi aliento   325
                     otra vez al pecho mío.)

Carlos (Aparte.)   (¡Gracias, oh cielo, te doy,
                     que ya sin temor respiro!)

Enrique   Y aunque es verdad que por muerto
                     los que le ven le han tenido,   330
                     es fuerza desengañarse
                     de tan ciego desatino.
                     Y así aquesta noche a hablar
                     a Julia me determino,
                     y decir que si le quiere,   335
                     que le excuse del peligro,
                     que restar lo que se ama,
                     más que fineza es delirio,
                     que quien quiso para el daño,
                     muy groseramente quiso.   340

Laura   Aunque yo no te aconsejo,
                     lo que me parece digo,
                     y es que no es, señor, razón
                     que enojado y ofendido
                     llegues a hablar una dama   345
                     en cosa de amor tú mismo,
                     pues la vergüenza podrá
                     negarte lo que has sabido,
                     que hay delito que el decirle
                     más que el hacerle es delito.   350

Enrique   ¿Qué he de hacer, dejarlo así?

Laura	Las mujeres nos decimos
	más fácilmente a nosotras
	todo aquello que sentimos.
	Yo iré a visitar a Julia, 355
	y a darle de todo aviso,
	que no dudo que ella quiera
	más tenerle ausente vivo,
	que verle presente muerto
	otra vez.
Enrique	Muy bien has dicho, 360
	ve a visitarla y sea luego,
	porque aunque ya anochecido,
	no importa ir a aquestas horas,
	que será tiempo perdido
	todo lo que se dilate, 365
	y yo, Laura, iré contigo
	por estar siempre a la mira.
	En tanto que yo apercibo
	la silla, ponte tú el manto.
	De buena habemos salido. 370

(Vase.)

Carlos	¿Cómo, que era vivo Astolfo,
	nunca, Laura, me habías dicho?
Laura	Porque nunca hubo ocasión.

(Sale Lucrecia.)

Lucrecia	Señor está divertido,
	ahora podrás salir. 375

Carlos	Adiós.

Laura	Adiós, dueño mío.

Carlos	De todo aquesto conviene ir a dar a Astolfo aviso.

(Vanse todos y salen Porcia y Candil.)

Candil	Porcia, que todo este nombre	
	no sé cómo cabe en ti,	380
	porque el cuerpo es muy cristiano	
	para nombre tan gentil.	

Porcia	Candil, tan sin garabato	
	en el hacer y el decir,	
	que siendo Candil, no eres	385
	de garabato candil;	
	a estas horas a esta casa,	
	¿a qué vienes?	

Candil	Oye.

Porcia	Di.

Candil	Ya tú sabes que sirviente	
	soy neutral, como país	390
	de esguízaros, pues estoy	
	a devoción de cien mil.	
	A Carlos sirvo, porque	
	se quiso servir de mí	
	por Laura, de quien criado	395
	por concomitancia fui.	
	Al Duque sirvo por Julia,	

u de espía, u de adalid,
y a Julia porque, en efeto
a Astolfo un tiempo serví,   400
cuando éramos desta casa
él Beltrán y yo el mastín.
Pues siendo así que a los cuatro
servil soy, y siendo así
que en siendo servil un hombre,   405
ello se dice, es ser vil,
de parte del Duque vengo
solamente a te decir
(que es lo mismo que decirte)
que tengas deste jardín   410
la puerta abierta esta noche,
porque pretende venir
a examinar el encanto
que le dicen que anda aquí.

Porcia   Pues dile, Candil, al Duque   415
que en cuanto a falsear y abrir
la puerta, que soy criada,
con que te digo que sí.
Pero en cuanto a venir, dile
que es venir a repetir   420
aquel asombro; porque
desde la noche infeliz
que vimos todos a Astolfo,
a la misma hora, en fin,
todas las demás le vemos   425
pasear en el jardín.

Candil   Debe de cenar cazuela
en la otra vida, y así
se pasea en acabando

	de cenar. Adiós, que en fin	430
	yo cumplo con avisarte,	
	tú cumplirás con abrir,	
	que no quiero a sus cazuelas	
	echarlas yo el perejil.	

Julia [Dentro.]   Porcia.

Porcia   Mi señora llama.   435

Candil   Pues yo me voy, porque aquí
no me vea, que no quiero,
pues el Duque ha de venir,
que en ningún tiempo presuma
de vernos hablar así,   440
la malicia.

Porcia   Has dicho bien,
mas no podrás por ahí
irte sin verte.

Candil   ¿Qué haré?

Porcia   Así podrás...

Candil   ¿Cómo así?

Porcia   Detrás desta puerta estando,   445
y volviéndote a salir
en pasando ella.

Candil   Me place.
Pero ¿dónde va, me di,
esta puerta?

Porcia	Al jardín va,	
	donde Astolfo ha de venir.	450

Candil	Oye, escucha...

(Entra Candil y ciérrale Porcia.)

Porcia	Desta suerte
	hoy me he de vengar de ti,
	y los celos que me has dado
	con Lucrecia.

(Sale Julia.)

Julia	¿Porcia?

Porcia	Sí.

Julia	Apaga esa luz, que quiero	455
	mis tristezas divertir	
	en el jardín, pues ya es hora	
	que esté Astolfo en el jardín.	

Porcia	Rehilándome las piernas	
	están de oírtelo decir.	460
	¿Cómo es posible que tengas	
	esfuerzo tan varonil,	
	que, enamorada de un muerto	
	le vayas a hablar?	

Julia	En mí	
	no hay temor, porque hay amor.	465

Porcia	Pues en mí, señora, sí,
	no hay amor, porque hay temor.
	Mas solo aquesto me di:
	¿son cariñosos los muertos?

Julia (Aparte.)	(Como a nadie descubrí	470
	el secreto de la mina,	
	todos se admiran de mí	
	y cuanto es ahora espanto,	
	si se llega a descubrir,	
	será risa, que así todas	475
	las fantasmas son en fin.)	
	Vete, Porcia, que yo quedo	
	bien segura en el jardín	
	con un muerto, porque vive	
	con el alma que le di.	480

Porcia	La puerta cierro, dejando	
	entre puertas a Candil,	
	y voy por esotro cuarto	
	la de esotra calle a abrir	
	al Duque; pero ¿qué veo?	485
	¿Quién en casa se entra así	
	a visita a aquestas horas?	

(Entran Laura y Enrique, su padre.)

Laura	A quien le importa venir
	a estas horas, Porcia amiga.

Enrique	Porque no me vean a mí	490
	en la calle, Laura, espero;	
	no tengo que te advertir,	
	ya sabes lo que has de hacer.	

(Vase Enrique.)

Porcia	¿Tú eres, mi señora?	
Laura	Sí. ¿Adónde está Julia?	
Porcia	No te lo quisiera decir.	495
Laura	Pues sin que lo digas basta, dila que yo estoy aquí.	
Porcia	Eso es más dificultoso el decírselo yo, en fin, en el jardín entró ahora.	500
Laura	Pues entra tú en el jardín, y dila que yo la espero, que la importa mucho, di.	
Porcia	No sabes lo que allí anda, pues quieres que yo ande allí.	505
Laura	Antes porque lo sé, vengo a ver a Julia; ¡ay de mí!	
Porcia	Pues si tú vienes por eso, mejor es ver y advertir por lo que vienes, señora. Entra tú y déjame a mí.	510
Laura (Aparte.)	Dices bien. (Mejor sucede	

que yo pude prevenir,
pues no me podrá negar, 515
si yo llego a verle allí,
la verdad, con que pondré
a tantos temores fin.)
Yo entraré, Porcia.

Porcia   Esta es
la puerta, y aunque de aquí   520
al cenador hay buen trecho,
(Éntrase Laura.)   la hallarás. Voy ahora a abrir
la de esotra calle al Duque.
A fe que ha de descubrir
de aqueste jardín ahora   525
lo que hay en este jardín,
hallándose Julia y Laura,
Leonelo, el Duque y Candil.

(Vase.)

(Sale Julia.)

Julia   Flores y estrellas, que hermosas
rayo a rayo competís,   530
de noche para alumbrar,
de día para lucir;
pues sois del amor más raro
mudos testigos, decid,
ya que sola el temor deja   535
la esfera deste jardín,
si aquel venturoso amante,
si aquel joven infeliz,
fénix vuestro, pues le visteis
todas morir y vivir,   540

me está esperando a que haga
la seña para salir
deste sepulcro, que cubre
una losa de jazmín,
con tan buen arte dispuesta,   545
que se ha engañado el abril,
creyendo que él le engendró
el sobrepuesto matiz,
que sobre la tierra es cuadro
y sobre el viento es pensil.   550
Decidme, flores, si oyó
esta muda seña.

(Asómase Astolfo por el escotillón.)

Astolfo   Sí,
que yo respondo por ellas,
que puesto que les debí
a estas flores alma y voz,   555
bien, hermoso serafín
destos jardines, por ellas
podré hablar, podré sentir.

Julia   ¡Oh, nunca, señor! ¡Oh, nunca
las cortinas de carmín   560
corriera la aurora al Sol
del pabellón de zafir,
porque nunca hubiera día!
¡Fuera noche para mí
todo el año, pues las sombras   565
son mi estación más feliz!

Astolfo   No dicen, ¡oh dueño hermoso!,
esas finezas que oí

con los descuidos que veo.

Julia   ¿Qué descuidos?

Astolfo   Oye.

Julia   Di.   570

Astolfo   Yo, Julia hermosa, por verte,
una muerte ya vencida,
tal pesar hice a mi vida,
que la dispuse a otra muerte.
No repito de que suerte   575
te vi y te desengañé,
de mi fe milagro fue
que ya a tu deidad consagro,
porque fuese este milagro
de tu deidad y mi fe.   580
Allí a las lágrimas mías,
que pudieron obligarte,
dijiste que a cualquier parte
del mundo me seguirías,
pasan noches, pasan días   585
sin que te vea llegar.
Si es que pudiste olvidar
verme llorando pedir,
vuélvete, Julia, a sentir
que yo volveré a llorar.   590

Julia   No importa, ¡ay Astolfo!, no,
que en pensar, que en rigor tanto
tú me repitas el llanto,
para que le acuerde yo.
¿Oíste que el cielo dotó   595

un peñasco de tan fuerte
seno, que el cristal que vierte,
dando en una peña, es tal
que, apartándole cristal,
luego en piedra se convierte?   600
Pues este, cuyos despojos
la experiencia nos enseña,
mi pecho tuvo por peña,
cuando por fuentes, tus ojos;
porque si lloras enojos,   605
bien de mi llanto sospecho
que en mí el mismo efecto ha hecho
para que dure inmortal,
pues tú le lloras cristal,
y es de diamante en mi pecho.   610

Astolfo   No es, pues no puede durar,
                   según a mi amor parece,
                   pues ya el escándalo crece,
                   y nos le han de averiguar.
                   Si arrepentido de dar   615
                   esta palabra se ve
                   tu honor, no receles que
                   yo la palabra te pida,
                   que muerto toda mi vida
                   desta suerte te querré.   620
                   Por mí no ha de faltar, no,
                   mi amor, por ti, Julia sí;
                   vénzate el peligro a ti
                   para que le venza yo.
                   Si en ti el afecto faltó,   625
                   en mí eterno persevera.
                   ¿Quieres ver de qué manera
                   en los dos un fuego es?

Pues persuádete a que ves
una antorcha y una hoguera, 630
un mismo fuego las prende,
arden las dos en su abismo,
y luego un suspiro mismo
una apaga y otra enciende;
que una antorcha no defiende 635
lo que defendió una hoguera.
Si breve luz tu amor era,
el mío una llama altiva,
no es mucho que el mío viva
del soplo que el tuyo muera. 640

Julia   El haberte dilatado
esa palabra, no ha sido
haber tu llama crecido
ni haber la mía expirado,
que como me ha asegurado 645
el ver al Duque tan quieto,
el verte a ti tan secreto,
sin que esta mina se entienda,
no he querido de mi hacienda
atropellar el efecto. 650

Astolfo   ¿Luego el Duque no ha venido
desde aquella noche?

Julia   No,
ni papel ni criado yo
más de su parte he tenido.

(Salen Laura y Candil.)

Laura (Aparte.)   (El jardín he discurrido...) 655

114

Candil (Aparte.)	(Por todo el jardín he andado...)
Laura (Aparte.)	(Y a Julia en él no he topado.)
Candil (Aparte.)	(Y hallar puerta dificulto.)
Laura (Aparte.)	(Aquí hay gente.)

Candil (Aparte.)   (Un negro bulto
viene por esotro lado.)   660

Laura (Aparte.)   (Un hombre es este que veo,
dél informarme me importa,
que pues está aquí, sabrá
de Julia, a quien busco absorta.)
¿Quién va?

Candil (Aparte.)   (Sin duda que viene   665
esta fantasma de ronda.)
Gente de paz.

Laura   ¿Hacia dónde
está Julia?

Candil (Aparte.)   (Cierta cosa
que esta es el alma, el Astolfo,
pues que de Julia se informa.)   670

Laura   ¿No respondéis?

Candil   Nunca he sido
respondón a tales horas.

Laura	Oídme.
Candil	Tampoco fui oidor.
Laura	Mirad.
Candil	Ni mirón, señora.

(Sale por otra parte el Duque.)

Duque   Ya está abierto, entrad pisando   675
con plantas tan temerosas
que aun las sombras no nos sientan,
con ir pisando las sombras.

Astolfo   Escucha, Julia.

Julia   ¿Qué tienes,
qué te turba y alborota?   680

Astolfo   ¡Vive Dios, que en el jardín
por una parte y por otra
ha entrado gente!

Julia   ¿Qué esperas?
A aquesa mina te arroja.

Astolfo   Yo no me tengo de ir,   685
dejándote, Julia, sola.

Julia   No importa que a mí me vean,
y a ti sí.

Astolfo   ¿Cómo no importa?

| | Si es el Duque, y si pretende... | |

Julia   Mira...

Astolfo   Nada me propongas,   690
que he de esperar, ¡vive Dios!,
con resolución heroica,
cara a cara a la fortuna,
antes que te deje. Toma
por sagrado mis espaldas.   695

Julia   Estas ramas y estas hojas
nos oculten, hasta ver
con qué intento se ocasionan.

Laura   ¿No me respondéis?

Candil   Dejadme,
fantasmal preguntadora.   700
¡Qué diera yo por estar
cautivo en Constantinopla!

Duque   A la escasa luz que apenas
nos da esa trémula antorcha,
veo acercarse dos vultos,   705
y si bien la vista informa,
son una mujer y un hombre.
No hay que esperar otra cosa;
del modo que está trazado,
todo al punto se disponga.   710
Retirad los dos a Julia,
mientras que yo reconozco
al hombre. Ya sabéis dónde
la habéis de llevar.

Leonelo	Ahora
	asistirémoste a ti. 715
Duque	Solo obedecer os toca,
	encanto deste jardín.
Laura (Aparte.)	(¡Ay de mí!)
Astolfo (Aparte.)	(Julia, oye y nota.)
Duque	¡Vive Dios que he de saber
	si eres cuerpo o si eres sombra! 720
Candil	Ni soy sombra ni soy cuerpo.
Otavio	Lleguemos los dos ahora.
Leonelo	Ven tú tras nosotros.

(Cogen los dos a Laura.)

Laura	¡Cielos
	piadosos!
Otavio	Ponla en la boca
	un lienzo, porque no pueda 725
	dar voces.
Duque	Muy bien se logra,
	pues ya se llevan a Julia.
Astolfo (Aparte.)	(No llevan.)

118

Candil	A mí me importa escaparme.
Duque	No podrás, aunque en el centro te escondas.

730

(Huye Candil y cae en la cueva.)

Candil	¡Ay, que me llevan los diablos, o se ha errado la tramoya!
Duque	¡Válgame el cielo!
Astolfo (Aparte.)	(En la mina ha caído una persona.)
Duque	Tragole la tierra, y puedo

735

distinguir mal una boca.
¡Hola, traed unas luces!
¿No hay nadie que me responda?
Yo iré por ella, y vendré
a ver qué es lo que me asombra.

740

Astolfo	Mira si hubiera hecho bien en dejarte, Julia, sola, pues de aquí alguna criada, que quizás entró curiosa,

presumiendo que eras tú,

745

de nuestros ojos la roban,
y un hombre ha de descubrir
la mina.

Julia	Estoy temerosa.

Astolfo	Esfuerza en tanto peligro,
	pues si el desengaño tocan, 750
	volverán por ti.
Julia	Yo iré
	donde un retrete me esconda;
	vete tú, y cierra tras ti
	con esa trampa esa boca,
	y al que cayó, con el ruego 755
	haz que el secreto no rompa.
Astolfo	Yo no tengo de dejarte.
Julia	Pues, ¿qué has de hacer?
Astolfo	Cuando importa
	poner en salvo tu vida,
	piérdase la hacienda toda. 760
	Vente conmigo.
Julia	¿Por dónde,
	si ya los pasos nos toman?
Astolfo	Por esta mina.
Julia	¿Yo?
Astolfo	Sí.
	¡Mal haya acción tan medrosa!
	Perdona que las desdichas 765
	no saben de ceremonia.
	Hágase todo tu aseo,
	tu adorno se descomponga.
	Ya vuelve, tente, entra aprisa,

120

y esta violencia perdona,   770
Julia, porque no hay respeto
adonde hay peligro. Ahora

(Entra ella primero y él tras ella cerrando la boca con la trampa.)

que yo saqué mis reliquias,
quédese abrasando Troya.

(Sale por una parte Enrique y por otra el Duque con una luz.)

Duque   ¿Quién va? ¿Quién es?

Enrique   Yo, señor.   775

Duque   Pues ¿qué haces aquí a estas horas?

Enrique   Busco el prodigio que buscas,
toco el encanto que tocas.

Duque   ¿Viste un hombre que en la tierra,
desvaneciendo la sombra,   780
se escondió, dejando abierta
una gruta temerosa?

Enrique   No, señor, ilusión fue
cuanto de Astolfo pregonas.
(Aparte.)   (¡Quién divertirle pudiera!)   785

Duque (Aparte.)   (Bien de la verdad me informa
ver que nadie a Julia ampara,
cuando mis gentes la roban,
y pues que ya en mi poder
está Julia, y mi amor logra   790

tal engaño y desengaño,
cante el amor la vitoria.)

(Vase el Duque.)

Enrique

Ni a Julia ni a Laura veo,
ni en casa quedó persona.
Pues para salir de tantas   795
penas, de tantas congojas,
buscando a Laura, ¡ay de mí!,
seguir al Duque me importa.

(Vase.)

(Sale Carlos.)

Carlos

Por presto que he venido
a avisar de cuanto hoy me ha sucedido   800
a Astolfo, habrá pasado
al jardín de su dama enamorado.
Mas ya está en su aposento,
supuesto que ya en él el ruido siento.
Vós seáis bien llegado...   805

(Va a entrar y al entrar sale Candil y encuéntranse, y vuelven los dos al tablado.)

Candil   Mejor fuera decirme mal llegado.

Carlos   ¿Candil?

Candil   Señor.

Carlos   De verte aquí me espanto.

Candil	También me espanto yo, tanto por tanto,
	de entrar a este aposento.
Carlos	¿Cómo, loco, has tenido atrevimiento, 810
	habiendo dicho yo que en él no entraras,
	ni quien estaba en él examinaras?
Candil	Solo que ahora me riñas me ha faltado.
	Yo, aunque dél he salido, en él no he entrado,
	porque no sé por dónde aquí he venido, 815
	y no sé como he entrado ni he salido,
	porque en aqueste instante, ¡pena brava!,
	en el jardín de Julia, ¡ay Dios!, estaba,
	y con trabajo siempre aqueste atajo;
	porque, al fin, no hay atajo sin trabajo, 820
	pues la vida me cuesta la venida.
Carlos	Y si lo dices, costará otra vida.
Candil	Yo callaré.
Carlos	¿Qué habrá allá sucedido?
	Pero, ¿qué ruido es este? ¿Este qué ruido?
Candil	A un tiempo a las dos puertas han llamado. 825
Carlos	¡Cuál, cielos, he de abrir! Estoy turbado,
	pero esta sea primero,
	porque Astolfo, que llame aquí, no quiero,
	cuando hay gente de fuera.
	A cuanto vieres, calla.

(Abre Carlos la puerta donde llama Astolfo.)

Candil	¡Quién pudiera!	830

(Salen Astolfo y Julia.)

Astolfo   ¿Carlos?

Carlos   Sí, ¿qué ha sucedido?

Astolfo   Vengo amigo, mortal, vengo perdido.
                 ¿Algún hombre, por dicha, aquí ha pasado?

Carlos   Sí, Candil.

Astolfo   Si era él, perdí un cuidado.

Candil (Aparte.)   (Y yo hallé dos.)

Astolfo   Ahora detenerme   835
                 no puedo, que es preciso, ¡ay Dios!, volverme,
                 por si he dejado mal cerrada acaso
                 la mina, que a mi vida ha dado paso,
                 y a ver si alguien me sigue,
                 porque a poner en cobro a Julia obligue.   840
                 En tanto que a inquirirlo me resuelvo,
                 tened a Julia aquí, que luego vuelvo.

(Vase.)

Candil (Aparte.)   (Ellos, para pasar, solo imagino
                 que esperaron que abriera yo el camino.)

Carlos   Pues, ¿qué es esto, señora?   845

Julia	Carlos, desdichas mías, ¿quién lo ignora?, que mi estrella concierta.

(Llaman a la puerta.)

Yo... Mas mirad quién llama a aquella puerta.

Carlos	No os receléis de nada.
Candil	Recelaos de todo.
Carlos	Retirada 850

(Esconde a Julia y abre donde llamaron.)

estad, ¿quién ha llamado
así?

(Entran Leonelo y Laura cubierta con un manto y tapada.)

Leonelo	Yo, Carlos soy, con un cuidado
	que conmigo os envía
	el Duque, que de vós no más le fía;
	porque habiéndome dicho que trujera 855
	a Julia, a quien robó, donde estuviera
	más segura y mejor, mientras que pasa
	el ruido, yo he elegido vuestra casa,
	entre las que nombró, por ser soltero,
	su criado, mi amigo y caballero. 860
	Y mientras a buscarle me resuelvo,
	tened a Julia aquí, que luego vuelvo.
Carlos	Oíd...

Leonelo   No puedo.

(Entrándose diciendo el verso. Dentro por el postigo, Julia.)

Julia   ¿A Julia, dijo? ¡Cielos!

Candil   ¿Dos Julias hay?

Laura (Aparte.)   (En tantos desconsuelos
no puedo hablar, y aun con temor respiro).   865

Carlos (Aparte.)   (En que gran confusión, ¡ay Dios!, me miro,
a un tiempo de dos Julias entregado.)
Mudo estoy, ciego estoy.

Candil   Y endemoniado.

Carlos (Aparte.)   (Una de mi amistad Astolfo fía,
otra Leonelo de la lealtad mía,   870
y cuando con las dos ansí me veo
la una a mis ojos solamente creo,
que es la que manifiesta su hermosura,
no la que oculta aquella nube oscura,
y viendo así a las dos, bien he creído   875
que el cuerpo con la sombra me han traído;
pues si esta es Julia, y esta se lo nombra,
este es el cuerpo, sí, y esta es la sombra.)
¿Quién eres tú, que a darme temor vienes?

(Descúbrese Laura.)

Laura   Yo, Carlos, soy la que en tu casa tienes.   880

Carlos   ¿Laura?

Laura	Sí. Si eres noble, eres amante,
	socórreme en desdicha semejante,
	pues debes a tu fama
	en todo trance socorrer tu dama.
Julia	¿Quién aquella será? Pierdo el sentido.

885

Laura	Por yerro, de la casa me han traído
	de Julia, hablar no pude, muda estaba.
	Lo que has de hacer, de discurrir acaba.

Carlos (Aparte.)	(Mal mi pena resisto;
	¿quién en tal confusión jamás se ha visto?

890

	Si a Julia al Duque entrego,
	a Astolfo lo que él mismo me dio niego.
	Pues Laura, a quien yo quiero,
	no la he de dar o he de morir primero.)

Julia	¿Qué es lo que estás pensando?

895

Laura	¿Qué estás imaginando?

Julia	Con mi esposo he venido,
	con él he de volver.

Laura	Mi amante has sido,
	contigo he de librarme.

Julia	Al Duque tú no puedes entregarme.

900

Laura	Al Duque tú no puedes ofrecerme.

Carlos	¡Vive Dios, que no sé lo que he de hacerme!

127

(Sale Astolfo.)

Astolfo   Carlos, seguro está todo,
                          ninguno en el jardín anda.

Laura (Aparte.)   (¿Cielos, este no es mi hermano?   905
                          Penas a penas se llaman.)

Candil   Él desde esta a la otra vida
                          va y viene como a su casa.

Astolfo   Nadie nos sigue, y pues es
                          la presteza de importancia,   910
                          haznos poner dos caballos;
                          que antes que amanezca el alba
                          con Julia he de estar en tierras
                          del gran César de Alemania
                          y Candil se ha de ir conmigo.   915

Candil   Antes me iré noramala.

Astolfo   No hay noche, no más segura.
                          Ven presto.

Carlos   Detente, aguarda
                          porque empiezan tus desdichas
                          en el término que acaban,   920
                          y hay nuevos pesares ya
                          en un instante que faltas.

Laura
[Aparte a Carlos.]   (¿Cómo nunca me dijiste,
                          que estaba Astolfo en tu casa?)

| Carlos | Como nunca hubo ocasión... | 925 |

| Astolfo | Pues, ¿cómo en decirlo tardas? |

Carlos	Criado del Duque, al tiempo
	que tú llamaste, llamaban
	a otra puerta, para un fin
	con dos acciones contrarias.	930
	Fuiste te, y entraron ellos
	a entregarme aquesta dama,
	diciéndome que era Julia,
	que la trajeron robada.
	No quisieron escucharme,	935
	y sin mirarla a la cara,
	me hicieron depositario
	de otra Julia duplicada.
	¿Cómo es posible que yo
	de tan gran empeño salga?	940

Astolfo	Con darles la que te dieron,
	no estás obligado a nada,
	y, pues, yo solo te pido
	la que te entregué, así basta
	dar a ellos la que te entregan.	945
	Llore engaños quien se engaña,
	mas no los llore quien trajo
	desengaños a tu casa.

Carlos	Bien pensarás que con eso
	todas tus desdichas paran.	950
	Yo lo haré, mas considera,
	Astolfo, lo que me mandas,
	pues por reservar a Julia

quieres que entregue a Laura.

(Descúbrese Laura.)

Mira ahora si te está bien   955
que le dé al Duque a tu hermana.

Astolfo   ¡Caiga el cielo sobre mí,
pues ya la tierra me falta!
Laura, ¿tú aquí?

Laura   Yo, viniendo
a buscarte, hermano, en casa   960
de Julia...

Carlos   ¿Qué hemos de hacer,
porque ya a la puerta llaman?

Astolfo   Morir antes que yo entregue
a Julia, Carlos, ni a Laura;
que una hermana, y otra esposa,   965
son dos mitades del alma,
son dos todos del honor,
y he de defender a entrambas.

Carlos   ¿Qué disculpa he de dar yo,
si aun la que me dan les falta,   970
y es añadir riesgo a riesgo
defenderlas tú en mi casa?

Astolfo   ¡Oh, cuánto, Carlos, tu vida
aquí las manos me ata!
Pero dime, ¿qué he de hacer   975
en ocasión tan extraña?

130

Carlos	Dejar a Laura, en quien hoy	
	no está la ofensa tan clara,	
	pues desengañado el Duque,	
	supuesto que no la ama,	980
	la dejará y si quisiere,	
	por tomar de ti venganza,	
	ofender tu honor, entonces	
	muramos en su demanda.	
	De suerte, que en esto vamos	985
	a vivir con esperanza,	
	y en esotro, desde luego,	
	a morir.	
Astolfo	¡Que un lance haya	
	tal, que es el menor peligro	
	aventurar una hermana!	990
	Mas cuando bien nos suceda,	
	damos término a las ansias,	
	pues de ahora para luego	
	remitimos la desgracia.	

(Escóndese Julia y Astolfo.)

Candil	Yo estoy hecho treinta bobos,	995

(Abre Carlos la puerta y entran.)

que uno solo no me falta.

(Salen el Duque y criados.)

Leonelo	¿Ves, señor, ves cómo era	
	todo engaño la fantasma,	

pues nadie a Julia defiende?

Duque   De haberla traído a casa   1000
               de Carlos, ¡qué bien hiciste!

Carlos   Yo estoy, señor, a tus plantas.

Duque   ¿Dónde, [Carlos], está Julia?

Carlos   A quien le dan una carta,
               dicen que no ha de saber   1005
               si está escrita o está blanca.
               Esta dama me entregaron,
               yo pago con esta dama;
               si es Julia o no, no lo sé,
               que no osó romper mi fama   1010
               la sutil nema del manto,
               que la ha cubierto la cara.

Duque   Ni yo te pregunto más,
               pues tú con esta me pagas.
               Ya, Julia, de tus rigores   1015
               ha llegado la venganza.
               ¿Dónde está el muerto fingido,
               que te defiende y te guarda?

(Descúbrese Laura.)

Laura   Antes que hable más tu Alteza,
               sepa, señor, con quién habla,   1020
               porque no soy Julia yo.

Duque   ¡Hay confusiones más raras!
               Pues, ¿qué nuevo engaño es este,

Leonelo?

Leonelo	Carlos te engaña,
	que yo a Julia le entregué, 1025
	a quien traje de su casa.
	Porque fue amigo de Astolfo,
	por esconderla y librarla,
	otra mujer ha supuesto.

Leonelo
        Carlos te engaña,
que yo a Julia le entregué, 1025
a quien traje de su casa.
Porque fue amigo de Astolfo,
por esconderla y librarla,
otra mujer ha supuesto.

Laura
No ha supuesto, que yo estaba 1030
en los jardines de Julia.

Carlos
Tu malicia o tu ignorancia
te convenza, pues si dices
que mi amistad eso traza,
dime si fuera amistad, 1035
por reservarle la dama,
Leonelo, a un amigo muerto,
no reservarle la hermana.

Leonelo
Sí, pues en ella no hay riesgo,
pues el Duque no la ama. 1040
En fin, yo te entregué a Julia,
y tú la escondes y guardas.

[Otavio]
Pues si él la tiene escondida,
mientras tú al Duque buscabas,
guardé la puerta, y ninguno 1045
salió.

Duque
        Pues mirad la casa.

Carlos
¿Señor, yo?

Duque	Tu turbación es la evidencia más clara.
Leonelo	Yo entraré a verla.

(Entra.)

Carlos (Aparte.)	(¡Ay de mí!)	
Laura (Aparte.)	(¡Sin duda que a Astolfo hallan!)	1050
Candil (Aparte.)	(¡Cuál han de salir, si topan adentro con la fantasma!)	

(Sale Enrique.)

Enrique (Aparte.) .	(Siempre a la mira del Duque, llena de asombros el alma he andado, y no puedo ya vivir sin ver lo que pasa, que tengo el alma pendiente de un hilo, hasta ver a Laura.)	1055

(Dentro Leonelo.)

[Leonelo]	¡Válgame el cielo!
Duque	¿Qué es esto?

(Sale Leonelo.)

Leonelo	¡Ay, señor, mi vida ampara!	1060
Duque	¿Qué tienes?	

134

Leonelo	Julia, ¡ay de mí!,
	está dentro desta sala.
Duque	¿Teniendo a Julia escondida,
	tú con esotra me engañas?
	Mas ¿qué os asombra?
Leonelo	Detente, 1065
	no entres, no entres a mirarla,
	porque a su lado, señor,
	está Astolfo que la guarda.
	Verdad es que el cielo quiere
	de ti, señor, ampararla, 1070
	pues aquí no puede ser
	fingimiento la amenaza.
Enrique (Aparte.)	(Aquí está Astolfo, ¿qué haré,
	si el Duque de verle trata?)
Duque	¡Vive Dios, que yo he de verlo, 1075
	que nada a mí me acobarda!
Carlos	No entres, señor, no examines
	secretos que el cielo guarda.
Duque	¿Cómo no, si a mi valor
	nada le admira ni espanta? 1080
Astolfo	No me detengas, que ya
	no hay que reparar en nada.
	Detente, señor, y mira
	que, soberbio, al cielo agravias.

Duque	Absorto de verte, apenas	1085
	puedo ya mover las plantas.	
	¿Qué me quieres, qué me quieres?	

Enrique	Que le cumplas la palabra	
	que me has dado, que es hacer	
	diligencias con que vaya	1090
	ya perdonado por ti.	

Duque	Ya la di, y no he de quebrarla,	
	aunque ofendido pudiera	
	quejarme de injurias tantas,	
	me advierte y me desengaña,	1095
	valgo yo más que yo mismo.	
	Del suelo, Astolfo, levanta;	
	y porque si siempre que vea	
	tu persona, es fuerza que haga	
	la memoria deste caso	1100
	en el semblante mudanza,	
	con Julia casado quiero	
	que de mi Corte te vayas.	

Carlos	Yo, que hice por un amigo,	
	ioh señor!, finezas tantas,	1105
	que para su amor di paso	
	desde mi casa a su casa,	
	merezca de ti perdón.	

| Duque | ¿Dándole la mano a Laura? | |

Candil	Yo, que pasé tantos sustos,	1110
	no quiero de nadie nada,	
	sino de los mosqueteros	
	el perdón de nuestras faltas,	

para que con esto fin
demos al Galán Fantasma.							1115

Fin de la comedia

Libros a la carta

A la carta es un servicio especializado para
empresas,
librerías,
bibliotecas,
editoriales
y centros de enseñanza;
y permite confeccionar libros que, por su formato y concepción, sirven a los propósitos más específicos de estas instituciones.

Las empresas nos encargan ediciones personalizadas para marketing editorial o para regalos institucionales. Y los interesados solicitan, a título personal, ediciones antiguas, o no disponibles en el mercado; y las acompañan con notas y comentarios críticos.

Las ediciones tienen como apoyo un libro de estilo con todo tipo de referencias sobre los criterios de tratamiento tipográfico aplicados a nuestros libros que puede ser consultado en Linkgua-ediciones.com.

Linkgua edita por encargo diferentes versiones de una misma obra con distintos tratamientos ortotipográficos (actualizaciones de carácter divulgativo de un clásico, o versiones estrictamente fieles a la edición original de referencia).

Este servicio de ediciones a la carta le permitirá, si usted se dedica a la enseñanza, tener una forma de hacer pública su interpretación de un texto y, sobre una versión digitalizada «base», usted podrá introducir interpretaciones del texto fuente. Es un tópico que los profesores denuncien en clase los desmanes de una edición, o vayan comentando errores de interpretación de un texto y esta es una solución útil a esa necesidad del mundo académico.

Asimismo publicamos de manera sistemática, en un mismo catálogo, tesis doctorales y actas de congresos académicos, que son distribuidas a través de nuestra Web.

El servicio de «libros a la carta» funciona de dos formas.

1. Tenemos un fondo de libros digitalizados que usted puede personalizar en tiradas de al menos cinco ejemplares. Estas personalizaciones pueden ser de todo tipo: añadir notas de clase para uso de un grupo de estudiantes, introducir logos corporativos para uso con fines de marketing empresarial, etc. etc.

2. Buscamos libros descatalogados de otras editoriales y los reeditamos en tiradas cortas a petición de un cliente.